机村史诗 V

轻雷

阿来 著

浙江出版联合集团
浙江文艺出版社

目　录

轻　雷

一

拉加泽里来到双江口时，镇上没有这么多房子。当时就一个木材检查站，一个十多张床位的旅馆，外加派出所执勤点和一个茶馆。茶馆老板姓李，对茶水生意并不上心，整天捧着个大茶杯面无表情。偶尔，西山落日烧红漫天云彩，东方天空的蓝色越来越深，月亮从那深深蓝色中幻化而出，李老板拿出一把二胡，给弓子抹上松香，琴声未动，先就沉吟半晌，等到琴声响起来，反倒不如那无声的沉吟有诱人的滋味与吊人胃口的玄想。

正在县城上高二的拉加泽里回家休了暑假，就决定不再回城上学了。他从机村已经转移到别处的伐木场没有拆尽的旧房子上拆下来一些旧木料，请拖拉机拉到双江口镇上，盖他简单的房子。

大型的国营伐木场迁走，不是说每一株树都砍光了，只是残剩的森林“不再具有规模化的工业开采价值”。到了八十年代，改革开放了，木材可以进入市场自由买卖，那些残剩的森林，对当地政府和机村的老百姓来说，如果只是论钱，还有上亿上十亿的价值。

于是，整个地区都为这木材买卖而兴奋，甚至有些疯狂了。

双江口这个从诞生到消失，一共不到二十年时间的镇子，就是这个时候出现的。镇子建立五年后，高二学生拉加泽里拉来一些废弃的旧木材，盖一座低矮的房子。拉加泽里是机村人。机村旁边的伐木场撤走已经好些年了，废弃的建筑上好多木料还没有朽腐。十八岁的拉加泽里请拖拉机把这些木料拉到镇上，盖自己的房子。

他的建房工程刚刚开始，就停顿下来。

一个姑娘来了，守在他身边无声地啜泣。姑娘是他的同学，也是他的情人。姑娘哀哀地哭泣，想以此阻止他这简陋的工程，跟她回到学校去继续学习，实现他们共同的大学梦想。

拉加泽里铁青着脸，没说一句话。

姑娘哭了足足小半天时间，没有什么效果，就用头巾掩着红肿的眼睛离开了。

第二天，拉加泽里坐在那些修房子的木料堆上，整整一天，没有说话。太阳快落山时，茶馆李老板走上前去，问了他一句话："年轻人，你想停下来吗？也许你真该停下来，看你让那个姑娘多么伤心啊。"

这是镇上第一个跟他讲话的人，拉加泽里笑笑，说："要是我跟她一样有父亲把家里照顾得妥妥帖帖，不用她劝，我也跟她回去上学去了。"

李老板喉里发出他的胡琴一样模糊而悲切的声音，转身走开了。

答过这句话，拉加泽里又开始动手建他的房子。

木材检查站站长罗尔依来了，他用脚蹬蹬地上那些废旧的木料，说："喂，小子！这些木料你办过手续吗？"

拉加泽里说："这是人家扔了不要的，废料。"

罗尔依站长提高了声音："不要绕弯子，回答我的话。"

"什么手续？"拉加泽里铁青着脸反问。后来，跟镇上的人混熟了，人人都要对他说："那天，你的眼神真是把人吓住了。"他是什么眼神呢？惊恐？是的，惊恐。愤怒？是的，愤怒。仇恨？是的，仇恨。悲哀？是的，悲哀。当所有这些情绪都出现在他那困兽一般布满血丝的眼睛里，检查站长罗尔依也被镇住了。

拉加泽里又接着追问了一句："什么手续？"

罗尔依站长稳住了神："什么手续？现在保护森林了，动一块木料也要林业局的审批手续。"

全镇的人有一多半都围了上来，有人希望这不知深浅的小子被狠狠收拾一下，有人希望因手握大权而没人敢招惹的罗尔依丢一次脸。

"你就说到底要干什么吧。"

"回你们机村打听打听，哪个小伙子在我面前不是规规矩矩的。"

"我不用打听，我就是用这些废木料来盖个小房子，你就明说，让不让我盖吧。"拉加泽里停下手上的活，眼里的光芒比他提在手里那小斧子上的光芒还要可怕。

这时，倒是罗尔依显出了退缩的意思。他环顾着四周，说："看看，大家看看，我不过是依法办事，这小子倒……"他的眼光跟李老板的眼光碰到了一起。李老板哈哈一笑，走上前来："罗站长消消气，念这小子刚刚丢了那么好的女朋友，可怜可怜，抬抬手，放他一马。走，走，到我那儿喝口茶，顺顺气吧。"

罗尔依就扔下句狠话，跟着李老板去了。

围观的人们都没有看到期待中的好戏，就像失去了垃圾的苍蝇，轰然一声，四散开去。

拉加泽里站在原地，麻木的身体慢慢恢复了知觉，天气并不太热，要不是李老板适时出现，他都不知道这事会怎么收场了。把手里的斧子劈到那个可恶家伙的脸上？如果这样的事情真的发生了，那他关于以后的种种打算就全部化为乌有了。如果不劈下去又会怎么样？让检查站没收了木料，或者来一大笔罚款，对他来说，也都是毁灭性的结果。他之所以来这个镇子，就是冲着检查站来的。木材市场开放后，一夜之间，很多人都靠这个生意发了财。检查站就像是地狱与天堂之间的一个闸口。过了那个闸口，就合了法，木头就可以换来大把的金钱；过不去，那就违了法，想靠木头发财的人就要被沉重的木头压得粉身碎骨了。

这个法是什么？

不是巫师们法术的法，也不是僧侣们佛法的法，而是法律的法。

在这个镇子上，法就是检查站办公室里一些特殊的纸片，纸片上印着表格，表格很多地方都填满了，只要把笔在墨水瓶里蘸蘸，往空着的地方填上些数字，这张纸就开始产生魔力了。内心的欲望与实在的木头眼看着就要变成诱人的金钱。

纸片从这张桌子上飞起来，从另一个窗口飘进去，飘到另一张桌子上，那里有一个更有魔力的东西，一只手里有一枚印章。那枚印章饱蘸了颜色，“啪”一声响亮，表格里那些数字立即就发出了金子的光芒。拉加泽里做过很多这样的梦，也是因为这个梦境的驱使，最有可能成为机村第一个大学生的拉加泽里抛弃学业与爱情来到这个镇子上，为的其实就是依靠地利之便，最终靠近那个关口。他真的多次梦见过那景象，看见那有魔力的纸片填上了咒语一般的数字，敲上印章之后立即变得金光闪闪。这个罗尔依站长就是那个使抽象的法变得实在，变得富有魔力的那个人。他来到这里，是为了亲近那法，为了接近那掌握法力的人，但是，一切都还没有来得及展开，他就已经把这尊神灵激怒了。

看热闹的人们都四散开去，他一个人站在那里，深深的绝望像一只有力的手，紧紧地攥住了心脏。他从来不曾知道，绝望会有如此巨大的力量。他还没有出生，父亲就去世了，对此，他没有这么绝望。很多人都说，现在好了，凭考试而不是凭推荐上大学了，把书念出头，一家人就时来运转了。但是，对他们家来说，哥哥和母亲都在唉声叹气，因为随着改革开放来到的凭本事上大学也并不是什么好事情。分地到户需要比较多的劳动力，市场开放需要很大的胆子，这两样，他们家都不具备。他们家就一个性格懦弱的哥哥，一个总是抱怨命运的嫂子，一个沉默不语的母亲。他从初中上到高中，一直都是班上的尖子，但是，每一次放假回到机村，就看到跟木材生意有关的人都一个个发了起来，好些人家盖了新房，好些人家买了崭新的卡车，再不济也买了一辆手扶拖拉机代替又要放牧又要饲养的牲口。而自己家里，哥哥还在为自己下学期的学费长吁短叹，嫂子话里的话和搭配在一起的脸色就更是不堪了。

“未来无限美好，现实却无比残酷。”他在最后一次作文中写下这样的句子，然后，离开了学校，来到这个正在机村旁边兴起的镇子上。看到哥哥终于得以解脱的神情，他多少还是有些伤心。

嫂子说：“不念书了，以前那些钱就白花了。”

他没有说话，他只是看着无言地深垂着脑袋的母亲，感到心里隐隐作痛。失去丈夫以后，这个女人就只是默默地劳作，在家务事上早就一言不发了。

嫂子又说：“这下好了，在这个机村，人前人后，我们更要抬不起头了。以前抬不起头是因为穷，以后，人家又要说我们不让你上大学了。”

拉加泽里没有说话。嫂子刚嫁到他们家时，身上带着特别的芳香，眼睛，甚至脸上滋润的皮肤里面，都往外洋溢着笑意。那时，她和哥哥都是生产大队的积极分子，都是在全县大会上戴过大红花的共青团员。现在，她已经憔悴不堪，飞速变化的社会和沉重的生活使她的眼神满含着怨毒，哥哥的眼神则常常是一片犹疑与茫然。

暮色降临山间，气温骤降，空气强烈对流，风催动了林涛。森林已经残破不堪，但所有的树都在风中发出了声响。

他在心里说“你要坚强”，泪水却从冰冷的脸上潸然而下。

风卷起马路上的尘土猛扑在他的脸上，泪水犁开那些尘土，在他脸上留下了两道清晰的印迹。他不知道在那里站了多久，直到山谷里的气流重新平衡，风慢慢停下来，浩荡的河流一样轰然作响的林涛也停下来，聚在茶馆里的那些人也散尽了。他又挥动起手中的斧子，把一根根长长的铁钉敲进厚厚的木板。无论将来怎样，眼下，一座简陋的房子正在自己手下渐渐成形。第一天，他搭好了架子。那是现成的架子，只是换一个地方重新拼装起来。剩下的事情就简单了。第二天，他给房子盖了顶。第三天，他给房子装好了门框与门。现在是第三天的晚上，夜深人静，在星光之下，他挥舞着斧子，给房子装上窗户。他干得很慢，因为光线黯淡。整个镇子正在睡去，只有他叮叮当当的敲击声一下一下响在那些人梦境的边缘。

他想，他们听见自己了。

他自己也因此听见了自己，虽然不是十分准确有力，但一下又一下，都决绝无比。

这时，茶馆突然大放光明，不仅里面的灯打开了，连外面走廊上的灯也打开了。强烈的光漫射过来，把这个小小的工地照得一片透亮。李老板抱着那个大得有些夸张的茶杯，披件大衣站在门前。他没有朝这边看，他的眼睛像平常那样，看着什么都没有的地方。现在，他的眼光就投向那些光与夜色相互交织并最终消失的地方。

拉加泽里觉得眼底再次发热，但他止住了自己莫名的感伤，更加用力地挥动起手中的斧头。

后来，人们都开玩笑说："妈的，小子，那一夜，我们的枕头都差点叫你砸扁了。"

连日渐熟悉的罗尔依站长也说："你小子想用钉子把我的做梦的脑袋钉穿！"

二

一晃眼，这都是两年前的事情了。

两年后的这天，双江口镇上的老居民拉加泽里要回机村一趟。因为镇上有大事发生，因为这大事的影响，他觉得自己的步伐特别轻快。

走出镇子，来到木材检查站关口，警察老王笑吟吟地说："嚯，今天很高兴的样子嘛。"

老王站在昨晚出事的现场，拉加泽里当然要绕开这个话题："看，杜鹃花开了。"

五月天，在这海拔三千米的地方，空气中弥漫着树叶萌发、沃土苏醒、河水奔腾、鲜花开放时那种醉人的味道。

这味道使得警察老王绽开了笑脸："是啊，都没注意到，好像一个晚上，这些花都开了。"

远处山梁上还堆积着斑驳残雪，但在峡谷低处，沿着河流两岸生长的杜鹃花都开放了，一直沉浸在深重绿色中的丛丛杜鹃树突然一下就绽开了繁多硕大的花朵，河里奔泻的水流声也特别响亮。

“你看，这事是谁干下的？”老王突然开口。

拉加泽里有些猝不及防：“什么事？”

老王用手里的警棍指指细细的白粉勾勒出的一个人形，人形中两处地方，干燥的泥土被血浸湿。老王的警棍再一指，是被冲关的卡车撞断的关口栏杆。

“就这个事！”

“早上起来，我才听说。”

“你就没听到点动静？”

“不操心的人，睡觉沉。”

老王笑了，把警棍别回腰间，口气淡淡地问：“回村去？”

“吃的东西没有了，回家取。”

“走好啊！”拉加泽里走出了一段，老王又叫道：“小子，耳朵支着点，听到什么动静回来报告！”

拉加泽里回头笑笑，轻快的脚步却没有停下。

他脚步轻快并不仅仅因为杜鹃花开了，并不仅仅因为五月的空气中充满了万物复苏、生机萌发的气息，还因为警察老王说的那件事。昨天半夜，双江口木材检查站有辆卡车闯关，撞飞了检查站的闸口栏杆，连带着还把验关的检查站长罗尔依撞成了重伤。刚才老王用警棍指出的那个白灰描出的人形，正是罗尔依站长飞起来又落地的地方。最新消息是，这个人现在躺在医院里深度昏迷，除了啼啼哭哭的家人外，守在床边的当然还有警察，只等他醒来，一切也就真相大白了。问题是传来的消息说，这个人多半是醒不过来了。

这是清晨时分的消息。

整个早上，拉加泽里不断变幻着脸上的表情在镇子上游荡。看到执勤点的警察和检查站上的人，他也和他们一样做出了严肃的表情。见了因这个消息兴奋的人，他也会心地释放出很节制的笑意。他不再是刚到镇上的那个毛头小子了，他已经历练得沉稳老练，虽然人称镇上最小的老板——生意最小，一个“加气补胎”店；年纪也最小，十九岁多一点，要吃二十岁的饭，还要等上大半年光景。

中午时分，两辆警车闪着灯从县城开到了镇上。拉加泽里对自己说，我要做一下选择题：A. 罗尔依醒了，说出了作案人，警察来抓人了；B. 他死了，警察等不到口供，自己来破案了。

他选了 B。

其实，不是他选了 B，而是希望是 B。为什么希望是 B？不要以为他仅仅只是作为一个旁观者，出于看热闹的心理暗自希望事情更大一点，更复杂一点。不，他是觉得，假如眼下的事情变得更大更复杂，也许就有他的什么机会了。为了这个机会，他在这个镇上已经耐心等待了整整两年。看到刑警们从车上往执勤点搬运行李，他知道自己的选择题做正确了。他们是要扎在这里，破案来了。

他问李老板："这么说，罗尔依死了？"

李老板说："没死，但醒不过来了。"

"还是你消息灵通啊！"

"这消息有什么用，换不来钱也换不来饭。"李老板叹息一声说，"看吧，这下，要紧张一段时间了，唉，和和顺顺地挣钱多好，偏要斗狠使气。"

现在，拉加泽里就带着这个消息走在从双江口镇到机村那十五里的路上。

他很高兴在这杜鹃花开的日子里做一个带着好消息的信使。他真的是想起了这么一个字眼：信使。能想起上学时学过的这样一个新鲜的字眼，让他觉得神清气爽。是的，应该说是信使，而不是送信的人。信使是史诗里的典雅字眼，送信的人，是粗鲁时代的大白话。

古老的史诗里说，信使传送好消息时，会采摘野花编成花环戴在头上。想到这些，拉加泽里甚至停下了脚步，站在一丛花朵还在缓缓绽放的杜鹃面前，但他嘴角马上就露出了自嘲的笑意：“妈的，现在是什么时代了！”其实，他自己也说不清楚现在是个什么样的时代，只是肯定现在不是一个带着好消息的信使会戴上一顶花冠的时代。要是哪个男人敢戴上一个杜鹃花环，肯定就是一副小丑的模样，甚至连他带回去的消息也不会有人相信了。

机村出现在眼前了，包围着庄稼地的树篱上丝丝缕缕的柳絮飞坠而下，让若有若无的风推动着，四处飘荡。但这宁静的景象下面，村子里却明显有一种不安的气氛在游荡。在这个自小长大的村子，拉加泽里能敏感到每一丝微妙的变化。这证明了他的猜想：双江口镇上发生的事情果然与机村人相关！

村子中寂然无声，但他知道，好些窗户后面，都有人向着公路上张望。刚走到村口，就有好些人迎了上来。把凑热闹的小孩与半大小子除开，只消看看迎出来的主要是哪几家的人，他立马就明白，那件疯狂的、但也让人解气的事情是哪些人干下的了。

他是来送信的，却并不急于开口。他可不是一个很和气的人，但好心情使他有耐心堆起满脸笑容，和需要打招呼的人打过招呼，却对他们急切投来的询问的眼神视而不见，径自回家去了。在他身后，那些急切中聚集起来的人群又怏怏地散去了。

这两年，曾经对他抱着很多希望的哥哥已经对他深深失望，觉得他跟自己一样不会有什么出息了。哥哥一声不吭，嫂子给他续上茶，母亲依然一如既往地慈爱有加，问他是不是走得很累了。

他没有说话，拿出一包糖果，放在母亲跟前。

这时，楼梯响起来了。

“来人了。”

哥哥语带讥讽：“难道是来找你的？”

“今天肯定是来找我的。”

果然，来人对家长强巴视而不见，而对拉加泽里露出了笑容，问候他路上走得是否辛苦。

“杜鹃花开了一路，不觉得累就回到村里了。”

“修车店的生意可好？”

“就是给你们的车补胎加气，糊口的生意，能有什么好坏。”

哥哥想说什么，终于没有开口，只是深深地叹着能让他听见的气。

来人是更秋家六兄弟中的老三。以前，村人们只要提起更秋家，就说：一对夫妻竟然一共生下了六个儿子六个女儿。叫村人们感到惊奇的是，这些娃娃一直处在半饥半饱的状态，却一个个长得身强体壮。如今，改革开放了，六个身强力壮的儿子长大了，而且一个个胆大包天，只要是赚钱的事情，都能抢在全村人前面，短短几年间，他们家已经是机村首富了。

更秋家老大常说："过去，土司是土司，头人是头人，几百年就当定了上等人家。还是共产党政策好，风水轮流转，几年就翻一个底朝天！"话里话外的意思，他们已然是机村的上等人了。因为什么？有钱！怎么来的钱？饿死胆小的，撑死胆大的，盗伐盗卖木材挣的钱。就地卖，一卡车赚两三千，要是能买通检查站，过了关卡，运到外地，一卡车就上万！于是，几兄弟家家盖了新房，还买了六辆卡车，传说银行里的存款还有好几十万。风水一转，只有别人上他们家门，他们早就懒得登别人的家门了。但今天大不相同，不一会儿工夫，这几兄弟除了老四与老六，都到齐了。

拉加泽里笑了，说："你们几兄弟一来，把我胆小的哥哥吓着了。"

强巴确实害怕了，害怕跟自己一样没出息的兄弟什么地方得罪了这几兄弟，现在是兴师问罪来了。

老三开口了："你在镇上没有听见什么消息吧？"

拉加泽里说："人还没有到齐吧？"

话音未落，楼梯又响起来，接连又来了三四个人，都是村里时常跟更秋兄弟混在一起的年轻人。

拉加泽里点点头："这下到齐了。"

这些平时总端着架子的家伙，都不自然地笑了。急性子的老二露出了不耐烦的神色，拉加泽里见好就收，开口道："你们可真是胆大，做下这么大的事情！"

老二愤然说："怪他太狠了，吃我们的，拿我们的，还没有喂饱他，居然要没收老三的卡车，加上一车木头，十万出头了！"他这话出口时，老大老三想要制止已经来不及了。

"可也不能往死里弄啊！"

"死了？！"

"早上说死了，中午又说没死。我来时，又说是深度昏迷。反正镇上来了两车警察。"

"就想警告他一下，想不到这家伙这么不经撞。"

拉加泽里哈哈大笑，说："不打自招啊，这可是你们自己说出来的啊。"

几兄弟脸立时就白了，口气却冰冷而坚硬：“怎么，想告发我们？”

拉加泽里也眼露凶光：“别那么看我，我没有盗伐盗卖木材，也没有大钱落在口袋里，也没有干什么坏事，我不害怕，再说了，就算做了什么事，我也不会这么害怕。”

大家想想，这家伙真没为什么事情害怕过，但是，既然没有做过什么出格的事，在双江口镇上开个破修车店，又有什么好害怕的呢？

沉稳的老二挪动屁股坐到他跟前：“你也是我们的兄弟嘛。”

拉加泽里笑笑，未置可否，说：“你们不就是想让那家伙知道，要是下手太重，就会跟他拼命吗？但你们也用不着下手那么重，要是人缓不过来，真就要找到你们头上了。”

老五冷笑：“老子什么都不认，他口说无凭，没有证据。”

“我也可以是证据，不是吗？这屋子里并不都是你们更秋家的亲兄弟，说出这事还可以立功受奖。”

屋子里一时鸦雀无声，更秋几兄弟也该后悔自己平常太不把其他人放在眼里了。

“你们放心吧，要是有那个心，我还会回来把这些话说给你们听吗？听说那家伙可能醒不过来，脑子撞坏了，要成植物人了。”

“植物人？”

“植物，就是跟树啊、草啊一样，活着，却什么都不知道，什么话都说不出来了。”

“真的？”

“真的！”

老三上来揽住他肩膀，说：“以后，你就是我们的亲兄弟了。”

拉加泽里没有答话，他站起身来，说：“我要回去了。对了，有什么新消息，我会让你们知道的。”说完，他就起身要回去了。走到楼梯口，又回来，说：“我不能这么空手走，我对警察说，我是回来拿吃的东西。不拿点东西，要说我是专门来通风报信了。”

然后，回头就下楼去了。

三

走出村子不远，后面就有人追上来了。

拉加泽里没有回头，但他听出那是两个人的脚步声。于是，他放慢了自己的脚步。是更秋家老三和刀子脸甲洛。他们给他送来了肉、面、油还有一条红塔山香烟。拉加泽里也不客气，只说：“有什么消息，我会告诉你们的。”

这时，峡口前方的太阳正在落山，斜射的阳光晃得他有些睁不开眼。他在一个峡口前放缓了脚步，峡口中央，一道湍急的溪流喧哗着奔腾而下，穿过公路下面的桥洞，汇入了从机村流来的大河。

他上了桥，在桥栏杆上坐下来，点燃了一支老板们才抽的红塔山香烟。

他看到了停在溪流边的拖拉机，看到了溪流被人引到一边去冲刷淤积的沙砾，他在桥上站住了，捡起两块石头扔到桥边的潭水中央，喊一声：“藏着了脑袋露出了屁股，你们还是出来吧！”

下面有些动静，但没有人出来。

他又喊一声：“是我！”

这回，躲到桥下的那些家伙们听清了声音，绽开笑脸，从桥孔下面钻了出来。

镇子上那个小心翼翼的拉加泽里大大咧咧地说：“妈的，也不动动心思，警察会像老子一样走路来抓人吗？”

“你是说我们做贼心虚吗？”

“没出息，在山上弄了几根木头，就把自己当成贼了！”

“我们祖祖辈辈靠山吃山，在林子里取点木头换钱，怎么就是贼了！”

拉加泽里走下公路，来到伙伴们中间：“那干吗要藏起来？”

大家都沉默不语。

“在林子里取木头，你说得轻巧，有胆量真去取几棵来试试，不要自己上纲上线，你们这是在土里刨木头，伐木场丢了的木头！”

“只要没有过关，就是犯法的木头！”

“只要是木头，粪坑里刨出来也可以换钱！”这话，引起大家一阵得意的哄笑。

当年，伐木场把漫山遍野的树木伐倒切段，直接就从陡峭的山坡上放下山来。沉重的木头冲下陡峭山坡，一路铲倒小树，犁开荒草，大雨一来，泥石流从失去遮蔽的山坡上飞泻而下，好多木头就深埋在了堆聚的砂砾之下。国营伐木场的工人才懒得从泥土里头把那些木头挖掘出来。山上是伐不完的大片森林，谁会去理会深埋在泥巴里的木头？

国营伐木场迁移去了别的地方，砍伐却没有停止。每年，林业部门都会派发采伐指标。木材市场开放了，指标落到地方政府、公司和个人的手上。林业部门当然还会指定采伐这些木材的地方，但实际情形中，拿到指标的人，在什么地方收购和砍伐木头，差不多就是随心所欲的事情了。运往内地的木头，只要有那一纸批文，就能在检查站畅通无阻。木材生意就这样起来了。

以前，森林是国有资源，只有国营伐木场开采。而今开放搞活，不止是木材，差不多所有的东西都变成了指标与批文。个人可以开采黄金了，只要你有一纸批文。个人也可以采挖天然药材了，但你必须拿到一张采挖证。老百姓说，那些过去当工作组的干部学聪明了，不搞运动了，不下乡了，舒舒服服呆在城里，坐在椅子上，往一张纸上啪一声盖一个公章，那张纸就身价百倍，变成不得了的东西了。

啪！盖一个章，可以挖多少千克黄金。

啪！盖一个章，可以进山采二十天虫草。

最厉害的是林业局的章子，“啪”一下，一个章子盖在一张纸上，那就是指标，你搞木头就不是乱砍滥伐——有了这张纸，哪还用你上山去砍木头，随便走到一座有好木材的山前，老百姓一眼就能看出你是不是个有路子的老板。有路子的老板不一定夹一个小黑皮包在腋下，小皮包也不一定膨胀得要把里面的钱呕出来的样子。真有路子的老板衣着平常，小黑皮包在年轻马仔手里，而且不鼓胀，为什么要那么鼓胀呢？里面就是几张木材指标的单子嘛，每张纸上都有林业局的大红鲜章。有路子的老板出动，有时还有乡政府的、区政府的人陪在身边。

这样的人一来到村前，整个村子马上就动起来了。手提利斧的男人们立即就把这个老板包围起来，过去那些反感伐木场大面积采伐森林的当地村民如今都成为技术娴熟的伐木人了。砍一方的木头可以挣到几十块钱，苦干一天，两三百块钱就到手了，那差不多是庄稼地里一年的收成了。这种情况下，想要他们遵从祖祖辈辈敬惜一切生命，包括树木生命的传统是没什么作用了。

拉加泽里路遇的这几个人，算是机村的规矩人。他们嘴上不说，但还守着一条：不直接提着利斧伐倒那些在这片土地上站立生长了上百上千年的树。他们愿意多费些劲，把伐木场遗弃的木头从沙砾下挖出来，晾干了，等待一个捏着指标的老板出现。

拉加泽里说："朋友们，回家去吧，不会有老板来了。今天不会有，好多天都不会有了。等不来老板，等来了警察就麻烦了。"

"风声紧了？"

"我在镇上，什么事情都能听到一点。"说完，拉加泽里就上路往双江口去了。很快，镇子上稀疏的灯光就在黄昏中闪现在眼前。

拉加泽里来到检查站前，被撞坏的栏杆已经修复，地上那个白灰描出的人形也模糊不清了。回到店里，还没把东西放下，他突然发现老王和县上下来的刑警一左一右把他夹在了中间。他悚然一下打了个冷战："怎么了？"

老王还是笑嘻嘻的："我等你大半天，等你的消息。你回去时我跟你打过招呼的。"

"我没听到什么消息。"

老王看了那个刑警一眼，从他胸前的牛仔服口袋里掏出了那包只抽了一支的香烟："哟，红塔山，你小子抽上老板烟了。"然后，他又看见了那整条的老板烟："看看，看看，这小子发了什么横财了？"

"看来要请你到我们那儿坐坐了。"

说话间，刑警就把电警棍顶在了他的腰间，手指已然放在了开关上。拉加泽里乖乖地迈开了步子。他的手心和背心都汗湿了，心脏打鼓一样咚咚作响。他害怕，同时还有点不好意思，心跳的声音大得恐怕两个警察都听到了。

老王还是那么和颜悦色："不要害怕，只是请你到我们那里坐坐，说回子话。"

"我不害怕，我为什么要害怕。"拉加泽里觉得自己很下贱地赔上了一个很难看的笑脸。他没有想到公安执勤点会有这样一个冷冰冰的房间。穿过办公室兼饭堂，穿过摆了几张行军床的卧室，就到了那个冷气凛凛的房间。这个房间没有窗户，除了几只凳子再没有别的东西。除了水泥黯然的灰色再没有别的颜色。

老王好像知道他心里在想什么，他说："是，没人知道有这个房间，但来过这个房间的人，一辈子也忘不了它。"

拉加泽里说："我们还是在外面屋里谈吧。"

在镇上这两年，他从未见到老王的脸上显出这么镇定冷峻的神色，口气也前所未有地柔和：“聪明的小子，你说我们谈点什么？”

“两三年了，天天低头不见抬头见，可我不知道你要跟我谈什么。”

老王笑笑，没有说话，扶在他肩上的手慢慢收回腰间，猛然一下，握紧的拳头狠狠地冲向他的肚子。拉加泽里的脑袋猛然摇晃一下，眼前的灯光立即就黯淡了，然后，才感到一阵剧痛从肚子那里向着全身猛然扩散。他慢慢倒在地上，听见自己很吃惊很迷茫地说了一声：“老——王——？”

“是，我就是老王。”

这张常常因为患着哮喘、吸不到足够氧气而憋得像猪肝的脸此时却焕发出了闪闪的红光。

“为什么？”

老王弯下腰来，没有一丝一毫的怒气：“吃惊了吧，小子，对不起了，这是我的工作。”

“可是……”

“什么可是，老子叫你把耳朵放尖，打听消息，你听到消息了，却不告诉我。这打是你自找的。”

说着，当胸又是重重的一拳。拉加泽里眼前当即金星一片，嘴里一股血腥味道，又痛又急，又恐惧又委屈，当即就昏过去了。但他年轻的身体比他想象的还要棒，很快，他就睁开了眼睛：“我什么都没听到。”

这个可能比他一生都要漫长的夜晚就此开始了。他们搬来两条板凳，把他抬起来横放在上面，一条在颈下，一条在屁股下面一点，只要他身子一软，拄在身上的警棍立即通电。失禁的尿液打湿了裤子，淅淅沥沥漏在地上，洇开了好大一摊。一时间，他麻木的身体没有感到疼痛，但强烈的自尊使他感到羞愧难当。

老王对这一切熟视无睹，平静地从他胸前的口袋里掏出那盒香烟，抽出一支，给自己点燃。两个刑警又把他以那个难以忍受的姿势放在板凳上面，老王说：“你也不要不好意思，人人都是这样。只要是人都会这样。”

身体的感觉恢复了，疼痛差不多是从每一条骨头缝里迸发出来，眼泪也涌上了眼眶，随即涌上心头的是强烈的仇恨。要是有一丝力气，他会生吃了这个家伙。

这个平常看上去貌不惊人的老王，却能看透他的心思：“恨我？不要恨我。我就不恨你，我只是在工作。破案。验关员是国家的执法人员，居然有人敢开着卡车要撞死他。我在破这个案。我想，你可能有什么话没有告诉我吧。”

“我只是回家取粮食去了。”

“那我告诉你，你一个月取一次粮食，对不对？你不是说我们在一起两三年了吗？你多久取一次粮食我这个老警察不知道？说！怎么这次刚过一个星期就回家拿粮了？”

无论怎么咬牙，怎么努力，拉加泽里悬在两根板凳上的身子软下去，软下去，终于触到了地上，电警棍再次让他身体痉挛。

老王弯下腰来，几乎把他那张平静里掩不住兴奋的脸贴在了他的脸上：“你肯定知道案子是谁犯的？”

“不是……我。”

“当然不是你。要是你还用费这么大劲？”老王的面孔上有了些许狰狞的表情，但语气仍像平时那样平和安详。

“我不知道。”

“看来你还想尝尝别的玩法。反正这个夜晚还长。”

拉加泽里用尽全身力气，把一口血沫吐在老王那张熟悉而又陌生的脸上。

四

拉里泽里第三次从短暂的昏迷中苏醒时，他们才住了手。

老王自己也累得够呛，往喉咙里喷了些药水，在床上躺下了。拉加泽里被铐在外间的沙发上。坐在他对面沙发上的警察也睡着了。而在里间，老王又从审讯室里的魔鬼变回平常那个被哮喘折磨的老头了。他在睡梦中常常喘不上气来，被剧烈的咳嗽弄醒过来。醒过来的他像任何一个有病的老家伙一样哼哼着，在床上翻来翻去，弄得床吱吱嘎嘎响个不停。

看守他的警察让这响声弄醒了，好像对着他，也好像没有对着他说："这老家伙真是讨厌。"说完，关了电灯，又坐回沙发上睡过去了。

拉加泽里昏昏沉沉地坐在沙发上，浑身的疼痛让他无法安然入梦。闭上眼睛，就看见那个平常熟悉的老王：一身从来没有挺括过的警服，敞着油垢的领口，因为哮喘和高海拔缺氧而憋得乌青的脸上挂着平和的笑容。每次碰面，他都会伸出手来，抚抚他的肩膀，嘴里还会含混不清地问候一句什么话。但这次，和善的老头变成了魔鬼，狞笑着伸出拳头，迎面猛击过来。拉加泽里猛然惊醒过来，冷冷的汗水湿透了背心。窗户外面，深蓝的天幕上一颗颗星星闪烁着冰凉而刺眼的光芒。

拉加泽里悄无声息地哭了。哭和善的老王转眼就露出如此残暴的面相。哭自己看人家弄木材赚了大钱，不等上完高中就回来蹚这场浑水，把同班读书的女友也失去了。哭前女友已经考上了大学，而自己在这因木材生意而起的镇上，连这红火生意的边都没有挨上。前女友上大学走的时候，哭着对他说："你成绩比我还好，你回去念书考大学，我等你。"他没有回去。他还是呆在这个只有二十多所房子的小镇上，等待机会来临。泪水越流越多，他哭了个痛快。哭自己父亲早逝，哭自己辜负了懦弱而又辛劳的兄嫂的希望。来双江口镇上这么长时间，却一事无成，人前人后，还得装得从容平静跟无事人一样，早就该哭上这么一场了。只是在这个晚上，警察们一顿严刑拷打，终于让他哭出了身上的疼痛与心中的忧伤。

泪水汩汩涌流，滑下了面颊，滑过脖子的时候，使新增的伤口生发出新的痛楚，滑到胸前时，却让他感到一掠而过的温暖。他慢慢平静下来，听到河岸下面，河水相激发出的轰响。

早上醒来，警察们早就起来了。老王正在往手腕上贴一剂膏药，他眼睛没有看铐在沙发上的拉加泽里，嘴上却说："你小子骨头硬，把我的肌肉拉伤了。"

一个刑警过来打开了手铐："你出去该四处说警察打人了。"

"我不敢。"

太阳出来的白天，他们脸上的魔鬼表情都消失了，那个警察很灿烂地笑了，甚至还伸出手来拍了拍他的脑袋："懂事。"

这家伙把手指比划成手枪的样子，顶顶他被电警棍捅得伤痕累累的腰眼："没你的事了。"

"没事了？"

"滚吧。"

拉加泽里就往门口挪步，他步子迈得很小，他不相信这件事情就这样过去了，他提心吊胆地等着背上袭来更重更狠的击打，直到他走到门口了，一片灼目的阳光，眼前出现了院子里发出了新芽的白桦，他才相信，可怕的梦魇真的过去了。

“等等。”老王在身后说。

那声音刚刚响起，拉加泽里禁不住全身颤抖，但他很快稳住了身子。老王从背后走上来，又走过身旁，然后，站在了他的面前。这家伙脸上挂着他平日那种浅浅的笑容，眼睛里却有种过去没有看出来的冰凉神情，盯着他看了半晌，这才挥挥手，口气柔软地说：“忙你的去吧。”

一身伤痛的他还能忙什么呢？回去，他就想放倒身子躺在床上。但他没有。他咬着牙打开了店门，把用红油漆写着“加气补胎冲水”字样的牌子放到路边，每挪动一步，每做出一个动作，都会牵扯到某一处肌肉或关节，发出剧烈的疼痛。但他不让自己脸上有任何表情，嘴里也不发出一点点声音，脑门上因此沁出了细密的汗珠。他咬牙挺着，拿起胶皮管子，清水从他紧捏住的管子里呈扇面迸散开来，喷射向面前干燥的路面，冷冽的清水喷射出去，尘土味消失了，吸进胸腔的空气清新凉爽。

有人经过时，他甚至还能对他们挤出一丝镇定的笑容。

做完这一切，小店就算开门了。店的前半部分，摆放着补胎加气的工具，然后，是摞成了半堵墙的旧轮胎，轮胎墙后，就是他的床铺和锅灶。当眼睛看到了床，他的脑子就有些不清楚了，他再也支撑不住的身子沉沉地倒在了床上。真不知道该说他是昏迷过去还是睡着了。这一天，只有几辆重载的卡车在山路上刹车太多，轮胎和刹车发烫，停下来用水管淋着降降温。司机招呼不醒老板，就自己把活干了。一个司机留下了两块钱，一个司机没有零钱，留下了半包香烟，也有霸道的家伙，见店里没人出来，自己骂骂咧咧地把活干了，就轰然一脚油门，在排气管吹起的尘土中扬长而去了。早上喷洒在路上的清水早已被强烈的高原阳光蒸发干净了。但凡有卡车驶过，这个安静得像个梦境一样的镇子，这个浮尘铺在阳光下一动不动的镇子马上就被浮云一样的尘土掩没了。卡车渐行渐远。尘土又和阳光一起缓缓落下。

一些灰尘钻进屋子里，落在床上那个死去一样的人的脸上。

就是警车上的尖利的警报声打破了镇子梦魇般的寂静，床上的拉加泽里也没有醒来。

两辆警车相跟着从店门前经过，又卷起大片的尘土，依然有一些尘土钻进了大敞着门的小店，落在昏睡不醒的拉加泽里脸上。他没有听见两辆警车嘶叫着驶出执勤站，驶过木材检查站的关口，驶过镇外的大桥，一头扎进山沟，往机村去了。晚上，警车从机村带了两个人回来。一个是更秋家老三。另一个半大小子，提着斧子正在上山砍树的路上，顺便就给提溜到车上来了。那个夜晚，这两个家伙的经历可以想见。拉加泽里却对这些事情一无所知。新一天太阳升起来，他才慢慢醒来。跟前一天相比，身上也轻松多了，正拿着水管喷洒路面，就看见老三和那半大小子从执勤点出来了。老三扶着腰，一脸坚毅的神情，但那半大小子，一见他这个同村的乡亲就咧开嘴哭了起来。

老三对他说："让他在你床上缓口气，定定神。"

他把那小子扶到床上躺下，老三咬着牙说："妈的，这晚上可真难熬啊。"

拉加泽里笑笑："我还不是这么熬了一个晚上。"

老三埋下头沉吟半晌："你不像你哥哥那么胆小，有种。真的，以后你就是我们的兄弟了。"

这时，老王又带着笑容从执勤点出来，看到这两个人，脸上还是一副什么事情都没发生的样子。他一手把拉加泽里拉到自己这边，眼睛却看着老三："你不要跟这种人混在一起。"

"你不是把我当成跟他一伙的吗？"

"我这么说过吗？"

“那你那么狠毒！”

老王收起笑容，很重地拍拍他的肩膀，压低了声音：“我正要夸你有出息呢，怎么就显出无赖的样子来了？”

“我已经是坏人了。”

“你是好人。”

“好人会被警察打？”

“妈的。”老王骂道。

拉加泽里从店里搬出唯一的一把椅子放在太阳底下：“你们两位谁坐？”

“我实在是站不住了。”老三坐下了。

老王走开前，还指着拉加泽里说：“记住我的话。”然后，他又折了回来，指着老三说：“要钱不要命，这我懂。但你要知道，被撞的人躺在医院里，有最好的药，最好的医生，一醒过来，什么事情都清楚了。”

“那你还费那么大的劲对付我。”

老王走回执勤点，背着的手上竖起一根手指，轻轻摇晃：“警告。一个小小的警告。”

这时，坐在太阳底下的老三快要撑不住了，他眼皮都抬不起来了，嘴里的口气却还凶狠：“水。妈的，老子想喝水。”但说话间，这家伙已经连椅子带人翻倒在地上，昏睡过去了。

拉加泽里搬他不动，正好茶馆的李老板过来才帮着把老三弄到了床上。

李老板掏出手绢，掸去身上的尘土："被老王他们招呼了？"

拉加泽里点点头："我也被他招呼了。前晚上。"

"为什么？"

"他说我知情不报。"

"不能报。"

"我不知道，咋报？"

"你是说，知道就会报？"

拉加泽里笑了："知道也不能报。"

"对头！"李老板一掌拍在他肩上，并不十分用力，一股疼痛却是从腰眼闪电般地掠到背上。他的身子禁不住晃了几晃。

"怎么了？"

拉加泽里稳住了身子："我饿了。"

李老板叹了口气："来吧。"

他跟着李老板往茶馆走时，连头都抬不起来了。他只是看着前面那条拖在尘土里的影子挪动着步子。汗水从他额头上渗出来，涔涔而下。都在茶馆里坐下了，他趴在桌子上，什么地方都不敢看。他恍然听见李老板在叱骂：“一碗？五碗！”

吃到第三碗方便面时，他缓过点劲来了。这才把脸抬起来：“真是五碗。”又风卷残云般把剩下的两碗给消灭了。这才腾出手来挽起袖口去擦满脸的汗水。

耳朵却听见李老板叹息一声：“可怜。”

李老板手捧着罐子一样的大茶杯，斜倚在窗前，又叹一声：“可怜。”

“我不要人可怜。”

“我是说人为财死，鸟为食亡，可怜。”

“你发了财，就说我们没发财的人可怜。”

“你要不是想发大财跑到这里来瞎混，该是考上大学了。”

“是。”拉加泽里不是故意要博人同情，但提起这话头，他的笑容里自然就带上了几分凄楚的味道，“那时候，我的女朋友天天听我讲数学题，她考上大学，就不要我了。”

李老板笑起来：“你再说，我要心软了。”

镇上的人都知道，李老板在这里哪是开什么茶馆，他有路子，从林业局，从些稀奇古怪的渠道搞得到木材指标，除了茶馆门上几个大字——“茶水面点”，还有“信息洽谈”几个字贴在窗玻璃上。但他不上山收购木材，也不雇卡车把木材长途贩运到山外，整日里就抱着个大茶杯倚在门口，遇见人问候说恭喜发财，也是一点不上心的样子：“财神住在你们家，我这里嘛，小财，小财。”听说这人文化高，因为文化高当过右派，坐过监牢。平反不久就到了退休年龄，退了休就到这镇上做生意来了。

拉加泽里就要张口求他。但这张嘴长在了他的身上，要说出求人的话来真是千难万难。这时，李老板叹口气：“唉，年轻人，话都递到你嘴边了，求个情都这么千难万难，这混沌世道，你还想发财？”

拉加泽里就要开口了，但检查站的两个验关员走了进来。看拉加泽里一脸难受表情，说：“让老王折腾够了，莫非你李老板还要开堂审问人家。”

“我是教他。”

“教他什么？来，坐过来，小子，老王你都不怕，更不用怕他。”

拉加泽里磨磨蹭蹭地坐过去了，没有忘记给两人一个敬上一支香烟。

“我教他不要老想来蹚这里的浑水，下水容易上岸难啊！”

“容易，”拉加泽里终于接过话来，“容易你就帮我一把。”

李老板叫服务员给两位上了好茶，也过来坐了，对着检查站上的两个验关员："除非我们一起帮。"

刘副站长和本佳都起端杯子喝茶，并不答话。

"我……"拉加嘴巴张开了，却还是说不出求人的话来。

还是刘副站长开口了："你来这镇上两年多了吧。"

"是。"

"两年就守着一个破店，看人家大把大把赚钱，连旅馆里当小姐的都倒过几车木头，你，有耐心。"

拉加泽里笑了："不算白过，看门道嘛。"

"看清楚了？"

"差不多吧。"

"老王下手重吗？"

"不是一般的重。"

"怕了？"

"不怕。"

"好。"

但接下来，他们就换了张桌子压低了声音说自己的事情去了。他守在那里半天，再也没有人理会他了。委屈的情绪又涌上心头，要再继续被人家撂在一边，他的眼泪又要下来了，只好独自走出门来。往自己那破店里走的时候，他把刚才张开了嘴却没有说出来的话说出声来了："刘站长，本佳哥哥，求你们给我开张通关条吧。李老板，求求你，分点指标给我吧。”

除了自己，没有人听见这些话，而自己是不用听见的，因为这些话他已经在肚子里说过百遍千遍了。因这些说不出口的话，他伸出手来狠狠抽打了自己死要面子的脸。心里更是把“自尊”那字眼恨了千遍万遍。

五

也是因为怀揣着这样的情绪，回到店里，看见从床上挣扎起来的老三又说我们是兄弟时，拉加泽里发火了："老子没那么多兄弟！"

他本以为这家伙会跳起来的，但他反倒见怪不怪，又倒在床上睡过去了。于是，他回到店门口，眯缝着眼睛看西斜的太阳。这一天，他是前所未有的感伤，并深深感到了前途的迷茫。要是这时，过去的女友阿嘎来牵牵他衣袖，他肯定立马就回学校读书去了。但是阿嘎已经考上了医学院了，也不再是他的女朋友了。

拉加泽里恍然听见阿嘎说："你的英语怎么总是有机村的腔调啊！"他还听见阿嘎说："老师说你的脑壳是个数学脑壳！"

如今，这些声音好像都是前世的事情了。阿嘎还说：“小时候在机村，怎么没看出来你会这么聪明啊！”

分手的决定阿嘎是不忍心告诉他的。分手决定是阿嘎的父亲崔巴噶瓦告诉他的。老人专门从村里来了一趟他讨厌的这个镇子，坐在他店里一袋袋抽烟，从太阳当顶直到太阳落山。老人把烟袋插回腰间，走到店门口，背对着他说：“这么好的娃娃，偏来这乱七糟八的地方，你伤了阿嘎的心了。”

“我心里想的她都知道。我告诉她了。”

“年轻人就怕把路子想歪了。”

“开放搞活，大家都来做木头生意，我走歪了！那这镇上做生意的都是坏人？”要是在今天，拉加泽里就不会对老人提高了嗓门。

老人转过身来，指指四周山上砍伐得这里那里一点点残存再也无法连缀成片的树林：“小子，这些人发完木头财就拍屁股走人了，我们这些人却要在这里祖祖辈辈呆下去的呀！”

“你比中央领导想得还远？”

老人涨红了脸，却把到了嘴边的骂人话咽回去了，他叹息一声：“以后，你要恨就恨我吧，不要恨我家阿嘎。”

那时，他以为，只要自己发了财，阿嘎就会知道自己错了。

但事到如今，他知道是自己错了。

老三从床上起来，掏出两支烟含在嘴里，一并点燃后，才插了一支在他的嘴上。

老王披着大衣从执勤点朝这里踱来，老三见状就躲到一边去了。老王过来了，说："你最好不要跟他们搅在一起。"那平和的声音里甚至还能听出一丝丝关切。老王提高了声音故意要让躲进店里的老三听见："他几兄弟不会有好下场！"

李老板、刘副站长和本佳从茶馆里出来，也走到这边来了。李老板说："老王忙啊，又在调查案子啊。"

老王涨紫了脸："我在教育这小子，让他不要跟坏人混在一起！"

"你不是已经把他当成坏人整了吗？"

"我是让他长点记性，记住我老王是干什么吃的！"

刘副站长也插上话来："可是，作案的人你抓住了吗？"

"你不相信专政机关的力量？"

刘副站长语含讥讽："不要紧的，等医院里的人醒过来，开口说话，专政机关抓人就是了。"

老王脸上的紫色更加深重："妈的，吃多了黑钱的人，撞死了也活该！"

大家在黄昏里各自散开。接着，迷蒙的夜色就笼罩下来了。

拉加泽里打开店里的灯，两个在他床上躺了一天的家伙已经悄悄离开了。他连店门都懒得关上，就在床上躺了下来。怎么也想不到，他转运的日子是从这一天开始的，以至于他用锉刀在板壁上刻下了这个日子。本来，依上学时爱写东西的习惯，他甚至还想刻上四个字：杜鹃花开。但他自嘲地笑笑，把锉刀哐啷一声扔在了放着各种型号扳子的工作台上。

转运时刻的到来真是一点预兆都没有。伤痛使他久久不能入睡，他不想想什么事情，让自己脑子空空如也地躺在床上。这时，有人进来了，然后，一个身影遮断了灯光，说："小子，坐起来。"

他就坐了起来。他没有看清那人的脸，甚至也没听出来是谁的声音。那人的手伸出来，手上有一张晃动的纸："给你。"

"信？"

"做梦吧，谁给你写信？拿着！"

"李老板！真的是……木材批件！"

"你听过，却没见过，还问什么真假？"

"假的没用啊！"

"假的没用？你不是想做生意吗？生意场就是真真假假。"

拉加泽里忽有所悟，突然笑了："你就像学校里的老师说话。”

“这就算你的恭维话？算了，好听的话也是真真假假，你不说也罢。这里是五个立方的木材指标，老子不念你可怜，倒念你读过几天书，拿一票给你，试试是不是做生意的料。”

“只够半车呀！”

“你不是说在这镇子上两年，什么门道都看清楚了吗？真想发财，你就弄一车木材，拉出山卖掉。要是不行，光指标，每个立方可以卖几百块钱，就这镇子上就可以卖掉。要是找不到买主，我按市场价买回来！”说完，李老板就扬长而去了。

拉加泽里在背后着急得大喊一声：“钱，我哪来那么多钱！”

李老板都走到灯光照不到的地方去了，又走回到灯光下面：“我不要你的钱，这批件白送给你。”

“天下哪有白送人的东西？！”

“那就看是一次还是很多次了。如果是一次，天下就真有这样的事情。你在镇子上这么久，我让你尝尝木头生意的甜头，小小的甜头。如果你想长久做下去，那就肯定要感谢我是不是？”

“那你要什么？”

李老板在椅子上坐下来：“孩子，听我一句劝，尝尝木材生意的味道，就回学校念书去吧。”

拉加泽里缓缓摇头：“我的心野了，回不去了。”

“真的铁了心？”

“不铁心能在这镇上补两年轮胎？”

“一下水就什么都要干了。”

“干！”

“有人要落叶松，你敢弄吗？”

“落叶松！”

“对，就要这个东西！”

落叶松是珍稀树种，砍这个树，可不是一般的盗伐林木。拉加泽里知道这个，李老板何尝又不知道。他问：“你叫我弄这个来卖？”

李老板缓缓摇头。

“你说嘛！”

“小子，你是个嘴严的人，但我也不方便告诉你。”

“做什么用？”

“棺材。”说出这个字眼时，李老板嗓音喑哑，脸上了出现了忧戚的神情，他叹口气说，“算了，就算我什么都没有说过。”

机村人死后是不睡棺材的。但拉加泽里知道棺材的样子。前些年，国营伐木场还在的时候，每年都有因公死亡的指标，每年都要预先做些棺材。做棺材都用口径最大的木材。木材口径大，做出来的棺材就宽敞气派。木材口径大，说明这树已经生长了好几百年。好多树长到这个份上，内部大多都开始朽腐了。森林虽大，找到上好的棺木并不十分容易。他们把那些最好的树伐下来，锯开晾干，再请来木匠，做成一副副棺材，整齐地摆放在一间僻静的房子里。拉加泽里记得，村里曾经有个胆大的孩子，偷偷钻进那个房子，睡在棺材里去。房子建在山坡边，那墙里边高外边低，进去容易，出来很困难了。这孩子在棺材里睡了一会，就有些害怕了。等到发现不能从里面出去，而大声喊叫却没人来开门时，就更加害怕了。从此，这个人就有些神经了。

拉加泽里对李老板说，他知道棺材是什么东西，知道棺材要用上等的木头。他还给李老板讲了那个小孩让棺材屋吓傻的故事。告诉他看见过伐木场的老师傅一遍遍给棺材刷上一层层漆，使之发出一种闪烁不定的幽暗光亮。

李老板还是哑着嗓子："是啊，人只死一次，死了，什么都带不走，只好带一副好棺材了。"

"要死的是你的好朋友？"

李老板并不答话，自顾着叹息一声："可是躺不躺好棺材又有什么意义呢？"

这个拉加泽里并不知道。藏族人关心死后灵魂的去处，对肉身的安置并不特别上心。

“嗨！我对一个年轻人说这个干什么！”

一阵微风吹起，又是一股一股的杜鹃花香气送到鼻腔里来，但他已经没有感觉了。房子背后，河岸下面，轰轰奔流的河水他也没有听见。星空灿烂，河水轰鸣着在星光下奔向东南。而芬芳温暖的春风之中，这片群山里，一片片的杜鹃正从山脚的河岸，由低到高，开向山岗。再有一个多月，现在山顶积雪的那些山梁，将变成杜鹃的海洋。

从三十年前开始，采伐的利斧挥向成材的高大树木：杉树、桦树、松树和柏树。到如今，伤痕累累的群山上那些成材的树再也不能连缀成片，倒是这些枝干虬曲，木质疏松的杜鹃生机勃发，使沟壑峰峦一片绚烂。在学校作文课上，拉加泽里曾经用很漂亮的文字写过杜鹃。

他写杜鹃的文字，最让老师赞扬的是说：这些杜鹃初放之时，他不是看见，而是听见。现在他却对扑鼻而来的浓重香气都没有了一点感觉。他的心思已经全部沉浸在李老板刚刚给他的那张纸头上去了。他出了店门，看见检查站的关口上还亮着灯光，沉闷的脑子里也透进了一丝亮光。他往检查站走去，一下下迈开步子时，腰眼上被电警棍击伤的地方放电一样窜出一股股尖锐的痛楚，闪电一样蜿蜒而上，直到脑门顶上，凝聚的灯光迸散开来，变成许多晃动不已的光斑。他尽力稳住身子，深吸一口气，但他仍然未闻到杜鹃花香。那些光斑消失了，只是在耳朵里留下了嗡嗡的余响。

他走进检查站时，刘副站长已经有些醉意了。站长被撞伤，要是出不了医院，锁着验关章和神奇表格的柜子钥匙就由他来掌管了。

风从敞开的窗户吹进来，屋子中央满是苍蝇屎的白炽灯摇晃不止，致使围着桌子的检查站这些人，一张张脸神情不定，忽明忽暗。检查站七个人，一正一副两个站长，五个验关员，轮流值守关卡，余下的也无处可去，就在屋子里打牌喝酒。

拉加泽里进屋的时候，又有人举起了酒杯："刘站长，我再敬你一杯！干！"

"站长在医院！"

"所以，你现在就是站长！"

"至多也就是代理站长！"

"代理也是站长！"

"这话倒也在理，好，我……咦？这小子，什么时候溜进来的？"

拉加泽里尽量使自己的笑容自然而灿烂。

“来，替我喝了这杯！”

拉加泽里接过来一饮而尽。

“妈的，你……干什么来了？”

“我想请你看看，这单子是真的还是假的？”拉加泽里拿出了那一纸批件。

一个人大笑：“疯狂了，补轮胎的小子都拿着批件做生意，真是疯狂了！”

几个醉了的家伙就把那张纸头抢来抢去：“我看看！”

“我看看！”

“给我也看看！”

他们不是要看这纸头是不是真的，这东西他们见得多了，但这么一张纸头从这个天天见面，不吭不哈，围着个橡皮围裙修补汽车轮胎的毛头小子手上拿出来，就有些稀奇了。

“咦，居然是真的。”

“该不是哪个木头老板皮包里掉出来，你捡到的吧？”

“小朋友，捡到东西要交给警察叔叔知不知道？”

拉加泽里急了，伸手要从别人手里去抢，纸条就围着桌子在醉汉们手里传来传去，拉加泽里围着桌子跑了两圈，惹得他们纵声大笑，而他围着这长条桌子跑动时，牵动了腰上的伤处，一阵尖锐的疼痛使他脸上出现了很可怕的表情。他这表情，把检查站夜宴桌边纵情的笑声立刻冻结了。每张脸上都露出了惊诧的神情，都像被施了传说中的定身魔法。纸条正好传到本佳手上，他举着纸条就再没有往下传递了，他的眼睛落在被痛楚弄得一脸怪相的拉加泽里身上。

他问："你怎么了？"

疼痛像闪电一样，猛抽他一鞭，又在倏忽之间消失了。闪电袭来，炫目的光使他眼前一片黑暗。闪电消失，他又看见了。看见了那张公家人可以开会也可以围着喝酒吃饭的长条桌子，看见所有人都紧盯着他，惊诧的目光里也多少包含着一点关切的意思。

而本佳手里举着那张纸，眼神里流露出更多的关切："你怎么了？"

拉加泽里尽力使自己因疼痛和屈辱而扭歪的脸恢复正常，让肌肉不要紧绷，让牙关不要紧咬，让眼睛里不要流露出怨恨的光芒，不要让这张脸告诉别人自己是如何感到愤怒与羞耻。果然，他回归到正常位置的五官相互配合着做出了一个需要的表情，他装作满不在乎地说："妈的，没想到老王下手那么重，这腰一阵阵痛得要命。"

刘副站长这才开口："这小子倒是条硬汉，连老王都说你是好样的。”

拉加泽里这才伸出手，从本佳手里去夺自己的批件。

本佳笑了：“好小子，你扯呀，用劲呀，我不松手，撕成两半，这张纸就什么都不是了。”

拉加泽里就松了手，嘴里却溜出来甜蜜的称呼：“好哥哥，你就还给我吧。”

有人提议：“看你敢跟警察硬抗，坐下，喝酒。”

一杯酒当即推到了他面前。是喝茶的玻璃杯子，二两有余。

拉加泽里喝过酒，但没喝过这么好的酒，更没一口喝过这么多的酒。他问本佳：“喝了就还我？”

本佳笑而不答。

他端起杯子一饮而尽，一股清冽的酒香从嘴巴，到鼻腔，直上脑门，一团火焰却掠过了喉头，在胃里燃烧。

本佳说：“好了，拿去，这是真家伙。”

但纸头被人劈手夺去了：“再喝一杯。”

如是往复，拉加泽里喝到第四杯的时候，纸头到了刘副站长手上。他想走到刘副站长跟前，却不敢迈开步子了，只要动一动，他知道，自己会立马栽倒在地上，那就再也站不起来了。他的舌头也僵直了，说不出话来，只是对着刘副站长傻笑。

“傻瓜。”刘副站长又说了一次，“傻瓜。”

拉加泽里知道这是说自己，他残存的意识里知道这话里有不忍的意味。他的笑容更加憨直了。他一手扶着桌子，一手撑着不得劲的腰眼，支持着不要倒下。眼前的灯光在虚化，面前的脸孔在模糊，但他还是听清了刘副站长说：“为了五个立方的批件，就把自己弄成这样，弟兄们，我想帮这小子一把。”

“帮他一把……”

这句话让他听到咚的一声响，提着的心重重地落回到肚子里。然后，他自己也弄出这么一声闷响，昏倒在地上了。

六

从检查站会议室兼饭堂的长条椅上醒来时，拉加泽里感到头痛欲裂，却没有自己睡在什么地方的恍然之感，醉倒过去前刘站长的那句话还回响在耳边，使他前所未有地感到神清气爽。太阳已经照亮了山头，峡谷里是那么寂静，整个镇子还酣睡未醒。警察老王，检查站刘副站长，本佳，还有茶馆李老板，旅馆里的客人与小姐，以及贸易公司分理处漂亮的业务经理都还在自己的床上。甚至那些盛开的杜鹃，在露水清凉的这个时刻，都把盛开的花瓣稍稍闭合起来，停止散发芬芳的香气了。

拉加泽里穿过镇子时，身体依然疼痛，心却几乎要歌唱。他回到店里，开了门，把工具一一摆放好，这样，店主不在，司机们自己也能鼓捣好重新上路。他还往工具旁边的白铁皮盒子里放了些五块两块的零钱，这招对吝啬的人没用，但对粗心的人是个提醒：用了东西要给点钱！这几年在镇上的经历已经使他心细得很了。心细的他想起更秋家几兄弟送给自己的软包红塔山，抽了一包，还有九包。他在没开门的茶馆门前给李老板放了一包，出镇子时，六包烟放在了昨晚醉了酒，现在只是杯盘狼藉的桌子上。剩下两包,揣在身上往机村去了。

检查站修在两条公路交会处，宽的一条，从更深更广阔的山里来，那些山里还有两三个县，很多的林场，天气干燥的季节，满载木头的卡车弄得整条公路尘雾翻滚。公路通过一座百多米长的大桥，与过了一座小桥向机村方向蜿蜒而去的支线相汇，然后来到检查站，来到镇子跟前。一大一小两条河流在訇然奔流中撞在一起，在镇子下边陡峭的崖岸下腾起一片迷蒙的雾气和沉雷般的声响。

只有几年短暂历史的镇子因了这两条河两条路的交会而有了一个名字：双江口。群山的皱褶里，森林吞吐哺养的山水四处奔流，任何一个峡口都有水流相逢，但这些相逢地都处于无名状态，因为没有路的交会。一旦有路出现，命名的人也就接踵而至了。

地名办公室的人下来，在这镇子上住了一个夜晚，趴在桌子上拿着放大镜跟尺子，在地图上比划一阵，在表示河流的蓝线和表示公路的红线交接处打上一个小点，叹口气，说："双江口，双江口，这张图上已经有好几个双江口了，这个时代连停下来想一想，给一个地方取个好名字的心思都没有了！"

拉加泽里也在场看稀奇，今天之前，他一直是双江口镇上的一个看客。这个看客忍不住发表自己的意见："那就想个不一样的名字。"

那人放下放大镜与尺子与铅笔，说："约定俗成，约定俗成，懂吗？我们只是记录，而不是改变。"

这个想建言献计的家伙当下就无话可说了。他本来想说，这个地方本来就有自己的名字。哪来的名字？祖祖辈辈进出这个河口的机村人起的："轻雷"。是的，过去，因为没有公路，没有公路上来来往往的汽车，这个世界比现在寂静，几里之外，人的耳朵就能听见河水交汇时隐隐的轰响。现在，这个世界早已没有那么安静，人的耳朵听了太多声音，再也不能远远地听见涛声激荡了。

这个早晨，拉加泽里在水泥桥栏上坐下来，河水在桥下轰响，腾起的水雾中一股清冽之气直冲脑门，桥栏湿漉漉的，扎根在岩缝间的杜鹃开得蓬勃鲜艳。这的确像是个一切可以重新开始，一切将要重新开始的早上。

拉加泽里感觉到了这一切，他想起自己曾经忘记告诉那个记录地名的人，机村人为这个地方所起的名字是“轻雷”。

在镇上，人们不用藏语交流，现在，他独自一人用当地的藏语喃喃地念出了这个名字，然后，就起身往机村去了。

此行的目的非常简单，收购一卡车最好的木头：匀直的树干上很少节疤，紫红的皮，纹理清晰，木质紧密。

中年树。

美男子树。

红脸膛的卷发汉子，
挺拔的身躯像笔直的铁杉，
在断开的截口上，
看见你的心湖，
仿佛年轮一圈一圈均匀又圆满！

年轻人已经不会吟唱的民歌里吟唱过这样的树。拉加泽里也不会吟唱。李老板就曾经说过：“问你藏族的什么事你都不懂，都不知道，那还叫那个麻烦的名字干什么？取个汉人名字你就是汉人了嘛！”

李老板还半开玩笑地说过几次：“我给你取个汉人名字，

你就是我的儿子了！”

这是他不能接受的事情。他从来不知道做一个父亲的儿子是什么感觉。现在，他已经长大了，不再需要这样的感觉。

他父亲死得早，早到自己连父亲是什么样子也不知道，早到提到父亲这个字眼时，他心里只有漠然而空洞的感觉。父亲是什么时候死的？他不知道。在机村，一个人去了，就成了一个记忆中的人。而他什么时候去的，并不重要，也不会有人提起。所以，他也就不知道父亲是什么时候死的。他只听到过隐约的传说，说父亲在他出生前就不在人世了。他得了一个什么病，正当壮年的人就日渐羸弱，最后在人们都把这个出不了门的人渐渐淡忘的某个晚上，悄无声息地走了。他记得小时候还有人叫自己是“怀了十二个月的娃娃”。

今天在他是一个重要的日子，在往机村走的路上，这两天的经历所引起的激动在心头渐渐平复了。他想到了这种平时不想的事情。怀了十二个月的娃娃，什么意思？两个意思。一个，他不是那个死人的儿子，另有一个男人是他真正的父亲。还有一个呢？能在娘胎里不慌不忙坐上十二个月的人，肯定不是一个普通人。传说中，有个当了王的家伙，在娘胎里呆了三年！他这个“怀了十二个月的娃娃”，从小就看见，母亲对哥哥的恭顺超过别的妇女对丈夫的程度。在人民公社时代，哥哥虽然就是一个普通社员，还是意气风发的。总是对他这个小弟弟说："念书，好好念书，将来你当了干部，就是我们一家子的出头之日！"那时的哥哥不是如今这个总是在抱怨与叹息的哥哥，也不是这个眼红人家发财，自己却什么都不敢干的哥哥。不过，今天回家，如果他知道自己怀里揣着的这张纸头，应该会高兴一点了。

但走到家门口时，他却被人叫住了。

那是更秋家老三在叫一个不熟悉的名字："嗨，钢牙！"

拉加泽里转过身，要看看爱给人起外号的更秋兄弟们又给谁起了个这么样的名字，但是明晃晃的太阳底下，只有他和老二老三老五面对面站着。

老二走过来，拍拍他的肩："伙计，就是叫你！"

"警察撬不开的牙就是钢牙！"

他揽着拉加泽里的肩膀就往他们家去了。去了，没出门的几兄弟自然聚起来，一起喝酒吃肉，讲些弄木头时和警察及检查站那些人打交道的惊险故事。几兄弟都说："想发财就跟着我们干！"

"不要不说话，想跟我们干的人多得是，可我们看不上！"

要是以往，拉加泽里肯定就受宠若惊了，但现在不一样了，所以他不说话。

“不要想让他说求人的话，他是钢牙！”

“读书人，人家是读书人，读书人死要面子活受罪。”

拉加泽里只是笑笑，叹息一声：“我该回去了，回去听我哥哥唉声叹气了。”

“你跟了我们，他就该高兴了。”

“那他又该担惊受怕了。”

果然，回到家里，人还没有坐稳，哥哥埋怨开了：“出了那件事，警车一天到村子里来转三次，人人都躲着他们，你倒粘上去了。”

拉加泽里淡淡地说：“说不定以后，他们要粘着我了。”

嫂子不满意小叔子了，就会用一种特别的眼光看他丈夫，于是，哥哥就向天举起双手：“老天爷，听听我兄弟说些什么没头没脑的话！”

老母亲见这场景，吃力地撑起身子，躲到一边去了。一边离开，一边说：“没事情你回来干什么？”

“我有事情。好事情。”

哥哥接过话头：“你有好事情？”

“我来拿钱。”

“老天爷，来拿钱是好事情？”

“哥哥，是好事情。”拉加泽里这才笑着从衣袋里掏出了那张已经变得皱巴巴的批件，“我找到做木头生意的路子了，我拿到了指标。”

“真的？！人家把这么宝贵的东西给你！凭什么？”

拉加泽里冷冷一笑：“凭什么？我是钢牙。”

“钢牙？！什么意思？”

他不想回答这个问题，哥哥就是个老实巴交的农民，只懂得侍弄地里那点不生钱的庄稼，木头生意里那些复杂的门道，说了他也不懂，反倒把他给吓着了。

“我每月都把挣到的钱交回来了，我算过，该有七八千了吧，我就要三千。”

“三千！”

“还不够呢，这笔生意不算大，但也不小。”

嫂子又拿那特别的眼神去盯哥哥，哥哥就忧心忡忡地问：“亏了怎么办？”

“亏了怎么办？”拉加泽里又好气又好笑，“有了这张纸，包赚不赔！”

“你等着，”哥哥兴奋地说，“明天我就上山去，这钱不能让别人赚了！”

“不怕警察抓你？”

“你不是有指标吗？”

拉加泽里只是苦笑："照规矩，指标也要在指定的地方才能使用，所以，你，还有我，都不能去干这个事，这个事要让别人去干。你只要出去转上一圈，说你兄弟手里拿着木头指标就可以了。"

拉加泽里走了十几里的长路，电警棍留在腰眼上的伤痛时隐时现，当然还有这几天来一些事情使他高度兴奋，回到安静的家里，兴奋劲好像有些过去了，现在只觉得困倦不堪。他往屁股下垫上了厚厚的卡垫，背靠着墙壁，面朝着火塘，准备要休息了。

但是，哥哥刚出门，又慌慌张张地回来，一副担惊受怕的样子："警察又来了！"

"办你的事，他们不是为你来的！"

"还是明天再说吧。"

拉加泽里撑起身子："要是将来我成不了什么事，因为胆子小，哥哥嫂子也不能怪我了，老话是怎么说的？一根柴上冒不出两样的火焰？"

"我让你读书，读书！"哥哥又恼火了，"不是让你来干这个！"

拉加泽里把难听的话、难看的表情、难受的情绪都留在身后，出门去了。

七

刚走到村中广场上，倚在警车门边的警察就向他招手。

“我？”

“对，你！”

拉加泽里笑笑，过去了，他知道，从自己可以看见的地方，从自己看不见的地方，有很多双眼睛看着自己。所以，他的脸上露出了笑容，他本身就很困倦，很容易就摆出混世的年轻人爱好的那种拖着脚步的懒洋洋架势。中途，他还停下来，给自己点上了一支香烟。然后，他站到了警察跟前。是跟老王一起打他的那个警察。

他站在了警车跟前，等着警察发话。警察不说话，用以为他会害怕的眼光紧盯着他。他回敬以满不在乎的、掺杂着凶狠气焰的眼光。他让那凶狠的带着恨意的眼光越烧越旺。

警察的眼珠错动了，眼光溜走了。

他得意地想到了一个词：早泄。于是，他的嘴角露出了浅浅的笑容。

“怎么又回来了？”

“这是我的村子，你们不是爱管户口吗？我的户口在这里。”

“那在双江口镇上就没有户口。”

“我在那里开店，我有工商执照。”

警察大笑：“补破轮胎，给人家跑热了的汽车降降温度，那么个破生意，还工商执照，听口气像开了多大的公司！”

拉加泽里心里知道自己是不应该激怒这个警察的，但是，这是在机村，将要开展的生意需要自己在众人面前用这种挑衅的口气跟警察说话：“破不了案子，用多大口气说话都是没有用的。”

他说出这种话来，一面因为从四周围拢来的人群的赞叹声中感到了快感，一面，因为警察表情的变幻而心惊胆战。

“你在向老子叫板？”警察咬着牙，压低了声音。

拉加泽里也把声音放柔和了：“我就在村子转转，是你招呼我过来的。”

警察出手很快，把他一只手扭到身后：“还想尝尝请你过夜的滋味？”

“我的腰！”一股剧烈的疼痛从腰眼那里直升上脑顶，并在眼前炸开了一片金花。

警察手松了一点，却没放开：“小子，装什么英雄，人都是肉体凡胎！”

这时，有人发话了：“都是肉体凡胎，凭什么有人打人，有人被人打！”

“谁？”

“我。”

机村唯一还留着一根辫子，辫子里还编织着红色丝绦的男人从人群里站了出来。这个人是拉加泽里从前恋人的父亲崔巴噶瓦。他走过来，伸手扼住了警察的手腕，他手上没有动作，只是越来越紧地扼住警察的手腕。警察的脸色慢慢变了，手也松开了。

崔巴噶瓦说：“警察先生，我们自己的孩子我们自己管教，谁让你穿上了这身衣服，就把不能随便打人的规矩都忘了。”

“你！……”

“看你的皮肤与眉眼，也是我们一样的黑头藏民吧，你这么做，你的父母该担心你死后要下地狱了。”

然后，他对拉加泽里说：“跟我走，我给你弄弄身上的伤。”

拉加泽里很不好意思，因为老人是自己过去恋人的父亲。过去的恋人已经是医学院的大学生。自己却被一个靠一身衣服提高了身份的警察欺负。所以，他站立不动。老人又回过头来，说：“来吧。”

他就往前走了。

而警察在他身后叫道：“回来！”

他没有回头，仍然往前走。他心里头不怕警察，但他的身体害怕，他一身的肌肉和神经都绷紧了，准备承受背后袭来的警棍的击打。带着强烈电流的警棍不仅击打肌肉，还能击打骨头与神经。但他走出了围观的人群，那警察还倚着警车没有动弹。让一群被激发出敌意的村民围着，那警察也不敢动弹。他脸上依然摆出凶恶的表情，心里却焦急地等待入户调查的两个同伴早点回来。其实，当他举手招呼时，心里并没有什么恶意，两个伙伴去寻找线索，他给分配了守车的无聊任务，看到曾被“留置”在执勤点一个夜晚的拉加泽里，只是想叫他过来说会子话，打发掉这无聊的时光。是他眼睛里那坚定的目光惹恼了他。自己是警察。一个警察出现了，就该让所有人都感到害怕。但这个家伙不害怕！

拉加泽里跟在崔巴噶瓦身后，隔着有十来步的距离，他觉得很不对劲。在回村的路上，他一直想象着自己怀揣着一纸批文，像那些有路子有来头的老板一样来收购木头，该是何等的风光。不想，一出门就遇上了这个拿欺负人寻开心的警察。那个难挨的夜晚，他们那么折腾他，他心里都没有什么。因为这是破案。但从今天开始，他心里就带着对警察的恨意了。他跟老人的距离就越来越远。他不想自己狗一样跟在别人后面，他的脚步更慢了。前面的老人却停下脚步，转过身来露出关切而探询的表情，用父亲对儿子一样的口吻说："孩子，来吧。"

拉加泽里就跟上去了。

两个人都没有说话，仍然一前一后相跟着。崔巴噶瓦家不在村子里。原先，机村人的房子都紧挨在一起。两次泥石流把三分之一人家的房子都推倒了。加上改革开放分地到户，一些人家就把新房子修到村外去了，靠近自己家承包地旁边了。崔巴噶瓦夫妇就一个独生女儿，日子一直比较好过。村里分地的时候，大家都要好地，崔巴噶瓦却挑了离村子远，靠近树林的一块地。那块地是机村人口增加后，砍伐了一片桦树林后开垦出来的。地边上丛生着刺梨、红柳与亭亭玉立的白桦。像机村的每一块土地，那块地也有一个名字，叫"兔子"。这不单是说这块斜卧在山坡林边的地像一只褐色的兔子，而是说这地刚开出来，年年嫩绿的青苗差不多都被野兔吃光了。如今，这也只是一个名字了。虽然那块地边上还站立着一些稀疏的林子，但里面早就没有兔子们的藏身之处了。

走兽随着茂密的林子一同消失了。

两个人一前一后相跟着出了村子，过了一道溪流上的木桥，上了一段缓坡，来到了崔巴噶瓦家门前。整齐的栅栏围出一个干净的院子。栅栏边上，一株刺梨盛开着雪白的繁花。编栅栏的一些柳树棍，年年发叶抽枝，已经是一排整齐紧密的小树。

干干净净的院子里，石板缝里，伸出了牛蒡肥厚的叶片。

从阳光下走进这石屋，眼睛一时什么都看不见，但他的鼻子闻到了一股干净整洁的味道。干净整洁是什么味道？就是这种味道。

老人咳嗽一声，说："有客人了。"

屋子就在他眼前慢慢亮堂起来。火塘里温和抽动的火苗。锃亮的茶壶。光滑的地板。整齐的壁橱。一个和颜悦色的比想象中年轻的妇人。

拉加泽里一时不知怎么称呼。

崔巴噶瓦用了开玩笑的口吻，脸上却一点都不动表情："是不好称呼，因为她差点就是你妈妈。"

"不要为难孩子了，坐下吧。"

女主人把酒渍的刺梨和茶水端到他面前。他喝下一口茶，却是喝了酒的效果。一时间百感交集。

崔巴噶瓦说："你脑子里东西太多了。"

女主人就叹气："从小没有父亲，可怜的孩子，你就不要再让他不开心了。"

"好吧，孩子，把衣服脱掉，让我看看你的伤。"

"你怎么知道我有伤。"

"看你走路的样子。"

拉加泽里脱去上衣，露出腰眼上一圈圈乌斑。崔巴噶瓦取来草药捣碎了，用酒和油脂调成膏状，一股沁凉的感觉就丝丝缕缕地渗到皮肤里去了。他惬意地叹息一声，神情就有些恍惚了。他用有点可怜的口吻说："好累呀。"

那口吻让女主人流出了眼泪。

他一边后悔自己用这么可怜的腔调说话，却止不住自己的嘴巴继续用这种腔调喃喃地说："我瞌睡。"

女主人拿来一条毯子，他闻到了那条毯子上熟悉的气味。远去恋人的气味。他喃喃地念出了从前恋人，主人女儿的名字。女主人说："是她的东西，你知道她是个爱干净的姑娘，不然，怎么会想去当医生呢？"说完这话，女主人又抹起眼泪来，说："当年，两个年轻人是多么般配的一对啊！"

崔巴噶瓦道:“没爹教的娃娃，可怜!”

可他什么都没有听见，药力和这房子里安详的气氛使他从里到外松弛下来，沉入了睡乡。

中间，他醒来一次，屋子里悄无声息。看看窗外，一镰弯月已经从黝黑的山梁背后升上了天空。他翻了一个身，又沉沉地睡去了。再次醒来时，天已经亮了。女主人正在重新点燃火塘。崔巴噶瓦拿上了砍刀、绳子，只对他说了一个字:“来。”

他就起身相跟着去了。用屋子后面的泉水洗了一把脸，他感到神清气爽。也许是走出了房子，没有了那种特别安详气氛的笼罩，他马上为曾经露出的可怜相而后悔了。崔巴噶瓦好像总能猜到他的心思:“想走了?不行，你得帮我干点活还我的药钱。”然后，把一把砍刀塞到他手上。

夜露浸软的路潮润平整，转过一个山弯，就到崔巴噶瓦家取薪柴的地方了。后来，有人问说:“老头不记恨你吗?”

拉加泽里也才认真想了一下这个问题，的确，这个倔老头为什么对自己女儿过去的男友这么心平气和，慈爱有加。回答这个问题的时候，他半真半假地做出一副满不在乎的态度:“他给我用催眠术，然后教育我。”

“教育你什么?”

“拿他自己做榜样，教育我不要砍树！可是，我怎么会去砍树呢？”

村子里的人都说，崔巴噶瓦老头好久都不在村里现身了，看来是专门来会拉加泽里。这个不常在村里的拉加泽里并不知道。但他真是拿自己做榜样。走在山道上，老头随手指指某个地方，这里，那里，伐木场大规模砍伐过后还残存的小片林子都在木材生意起来之后，被机村人自己给砍伐了。

“钱就那么有用？什么东西都弄光了，这辈子活了，下辈子人还活不活了？！”

“你又没有下辈人在机村了，操这个心干什么？！”

转眼间就来到了进行课外教育的地方。这面南向的山坡，隔着小河正与机村遥遥相对。满坡是不能成材，但烧起来火力强劲的青杠树。这样的青杠树林在村庄附近有好几片。过去，虽然满山遍野都是茂盛的森林，机村人烤火做饭，采伐薪柴从来都固定在这几小片林子。那时山林没有权属的概念，但约定俗成，哪几家人砍哪一片青杠林作为薪柴，都有一定之规。这还不是规矩的全部。青杠树在当地算是速生树种，采伐薪柴时，都是依次成片砍伐。从东到西，从下到上，十来年一个轮回。最早砍伐的那一茬，围着伐后的桩子抽出新枝，又已经长到碗口粗细了。后来，工作组来下乡，小学生们在教室里过冬天，需要像城里人一样在不出烟不扬灰的炉子里烧木炭，村里也是在这薪柴林边开了窑口，一年一窑，也是几片林子轮流来过。

当人们可以随意地对任意一片林子，在任何一个地方，不存任何珍爱与敬畏之心地举起刀斧，原意遵守这种古老乡规民约的人就越来越少了。到了今天，机村传统上的几片薪柴林也被砍得七零八落。只有这片林子，因为有一个倔老头还固执地遵守着这个规矩，人家也就不好任意下手，还能一茬茬长得整整齐齐。这片面积广大的群山里，除了不能成材的杜鹃树林，这是唯一一片整齐漂亮的林子了。

崔巴噶瓦当然知道这全是因为自己，所以他骄傲地说："看，我的林子。"

"不是你的，是国家的。"

"国家的，国家的！什么东西都是国家的。国家是个多么贪心的家伙哪！他要那么多看顾不好的东西干什么？什么东西一变成国家的，就人人都可以随意糟践了！"

"你这话，你这话……"拉加泽里本想说这话太反动了，但他也明白这个时代不大时兴给人扣上这样的罪名了，"你不怕犯错误吗？"

崔巴噶瓦朗声大笑，响亮的笑声把在林子里面觅食的一对斑鸠都惊飞起来了："犯错误？小子，总想去靠什么谱的人才会犯错误！什么是错误？靠得不准就是错误。我什么都不靠，犯什么错误！"他的眼睛里出现了怜悯的神情，"小子，你离开学校，还有我那聪明的女儿，那就是一个错误。"

拉加泽里低下头去，用自己听上去都不太清楚的声音说了声："对不起。"

崔巴噶瓦摇了摇头："哦……老话说，一个男人一生最多可以犯三次错，小子，你一次就同时犯了两个，再犯就是第三次了。"

他依然用底气不足的声音说："我不会了。"

"我看见你，你害怕警察。"

"我没有犯法，我不怕。"

"我看得出来，你害怕。"老头慢慢摇摇头，"犯过法的人怕，将要犯的人也会怕。"

老头子说这些话时，拉加泽里一直在向山的高处张望。他知道自己看的是什么。是那些在十月间在一地白雪与灿烂阳光中针叶一派金黄的落叶松。这种树木，只生长在针叶林带将尽未尽的地方，而且数量稀少。深秋时节，它们落尽了金灿灿的针叶，光秃干硬的枝杈伸展在蓝天之下。现在这个季节，即便是在雪线附近，树木冻住的身子又活泛起来，冰冻的脉管打开，水沿着这些脉管，上升，上升，使那些坚硬的树枝变得滋润柔软。僵住的枝条开始在微风中飘荡。而从远处看去，枝头爆开的密集绿芽，竟氤氲成一树翠绿的薄雾。

他不禁叹道："那些落叶松真是好看。"

"到底是念过书的人啊！"老头感叹道，"看得到美丽的东西！这些树多半的时间雪里生雪里长，干净！"

拉加泽里突然以一种很漫不经心的口吻转换了话题："我在镇上听说，有人喜欢用这树做棺材。"

"哦！"老头像被什么东西撞击了胸膛一样叫了一声，"那树是要站在高处的，人都埋在土里了，还要糟蹋那么好的木头！这些汉人怎么有这么古怪的念想！"

"藏人也一样啊！"

"哦，我死后可不要埋在土里沤成一堆蛆虫，我要火葬，一把火烧得干干爽爽！"

"可是，你看庙子里，那些活佛烧成灰了，还要用那么多金银和宝石做成宝塔来安放！"

老头真也就回不上话了。但拉加泽里还要找补一句："所以，汉人也就想死后睡一副好木头的棺材。"

"呸！看一大清早，我们说些什么话。我们还是回去吧。"走了一段，老头回过头来，看见拉加泽里还不断抬头去望山高处，雪线上那些氤氲着绿雾的正在萌发新叶的落叶松，心下就有些狐疑，“小子，走路时好好看着脚下，不要踩空了。”

这样的话听起来，就像上学时喜欢抄在日记本上的格言警句。这使拉加泽里心生惆怅，真正的生活一经开始，任是什么样的格言警句都没有什么作用了。他走在老头的身后，眼睛突然就有些湿润，生活只是像个念头一样差了那么一点点，不然的话，他会从很远的大学里走回来，学一个女子叫这个倔强的老头做父亲。

这一趟出来，并没用带出来的砍刀，拉加泽里明白，老头子就是想跟他说说这些话。老头子把他当成一个男人，不愿意在女人面前教训他。问题是,任何教训都没有什么用处了。

吃过早饭，拉加泽里心里有事，正想告辞，崔巴噶瓦拿出昨天调好的药膏：“带上这个，我最多留你三天五天，不能留你一辈子，忙你自己的事情去吧。”

女主人却抻开袖口擦起了眼泪，她说：“孩子，想跟老人说说话，就来找你大叔吧。”

拉加泽里走出这个院子，突然有很悲伤的情绪涌上心头，要是他继续上学，那这个倔强的老头真的会成为他的父亲，但这一切不能挽回了，他冷冷地在心里说：“大叔，我也顾不得你那些道理了，我一次就把三个错误犯完了！”

八

拉加泽里刚进村就碰上了刀子脸。

刀子脸也用搞木头赚的钱买了东风卡车。村里人靠着这木材生意，已经有十多辆东风卡车了，乡长说，县里可能要给机村挂一块运输专业村的牌子。人们叫这家伙是刀子脸，并不是说他脸上有什么陡峭锋利的意味，而是他脸上总有一种青幽幽的颜色。那是一种鞘中刀子上常有的颜色。

刀子脸一看他出现在村口就迎了上来："妈的，听说你当上老板了？钢牙，雇我跑你的第一趟车吧。"

拉加泽里知道，哥哥已经把消息散布出去了。这里话还没说完，又有人迎过来了。刀子脸拍拍他的肩膀："兄弟，说定了，运输的事情就是我了！到时候别忘了，你的第一铲金子是我帮你挖的！"

这里话还没有说完，外号叫铁手的小伙子又摇晃着身子走过来。刀子脸说："看，我刚运输，这个是砍木头的，机村的木头生意，一条龙服务！"

拉加泽里就对铁手笑道："我知道你要让我看你的木头。"

"都知道你有门路了。"

他沉稳地笑笑，并不言语。

"这么多年，这么多人搞木头赚钱，盖房子，买汽车，存银行，你一点都不动心……这一出手，就……"

"我不动心？我都急死了。"他用开玩笑的口吻说出了真实感受，但人家会认为这是胸有成竹的人常开的那种自嘲的玩笑。

"都说你是要成大气候的，以后要木头可要想着我啊，钢牙。"

"还是看看你现在有什么货色吧，铁手。"这些年，机村人年轻一点的男人们都互称外号了。好像如此这般，某种隐晦不明、心照不宣的特别情愫才能得到畅快的表达。铁手不是有什么特别的武功，就是十根指头比起别人更坚韧，不用任何工具，三刨两爪，就能扒下杉树厚厚的树皮，让木材老板验看木头里面的质地。

他伸出手去，把好几个迎面挡道的人推开："钢牙答应先看我的货！再挡道，你的衣服与皮肉可是没有树皮结实啊！”

大家就闪开一条道，在两人身后一阵哄笑：“钢牙，铁手，好嘛，都配成对了！”

铁手听了这话，更加来劲：“嘿，是个好兆头！”

拉加泽里却沉默不语，一直走到铁手隐藏他存货的地方。铁手是个老手了，存货就堆在公路上面一点点，平铺两根过桥木，木头直接就可以平移到卡车上了。这堆货整齐地码放在一丛正在盛开的杜鹃后面，从任何一个地方都可以看见，就是坐着警车来来去去的警察从公路上无法看见。更绝的是，这堆货上还罩着一张军队用的伪装网，货主人在面向公路的一方插上了许多新鲜的树枝。

铁手解嘲说：“游击战嘛！”

“有添头吗？”

铁手揭起伪装网的一角，说：“有！”

在那堆五六十公分直径的木头堆里，还有五六根二十公分上下的木头。这些小口径的木头就是“添头”。“添”在哪里？这是木头生意里一个公开的秘密，很多卡车的车厢都经过了改装，下面有一个夹层，正好塞进一排直径二十公分上下的木头。与木材检查站有默契，这些添头就在允许出关的指标之外了。但为了这些添头，伐下来的都是未成材的树。铁手还真的伸出如铁的指头，扒下木头上粗砺的厚皮：“看看里面！这是我最好的货色！”

两个人坐下来抽烟，并且议定了价格，木材等级一定，价格也有行情摆着，没什么好商量的，只是由于拉加泽里不是现款，每个立方加价三十块钱。这，也是行规。然后，用皮尺一根根丈量了每根木头的直径与长度。每量一根，铁手都用计算器算出结果。尺子量完，木头也量完了。一共是十二个立方，外加“添头”的零点八个立方。

“钢牙，我铁手的木头是好木头吧？”

“下回，我要指定地方！”

铁手狠抽了一口烟：“只要时间来得及！”

“真的指哪里你就砍哪里吗？”

“老板就是上帝，就是老天爷，就是总司令，指哪打哪！”

“那就好。”

接下来的事使拉加泽里更加像是将成为大老板的样子，他从身上掏出一个小本子，还有一支笔，写了一张条子，撕下来，交给铁手：“拿着，这是欠条。你看看数字对不对。”

他这个举动弄得铁手有些不自然了：“嗨！钢牙，你觉得我信不过你吗？”

“我的生意，一开头就要立个好规矩。”

铁手讪讪地接过纸条，说：“钢牙，知不知道，你做事情……总是要做得跟大家不一样……为什么？读书多就要跟别人不一样吗？”

这话让拉加泽里不高兴了：“不要跟我说读书的事，读书多的人会贼一样跟你混在一起？”

“那倒也是。”

“时间还早，我们去找找我想要的木头。”

“你嫌我的木头不好？我的东西都是一级品！”

“你刚才不是说我就是要跟别人不一样吗？”

“那你还要什么？”

“落叶松。”

“知道那是什么吗？那是上了什么，咦，叫什么？”

“《珍稀植物保护名录》。”

“那你还要？！”

“要。”

“钢牙，现在这种生意，不是我胆子大，是因为大家都做，警察也顾不过来，再说，就是抓住了，也就是罚点款，在拘留所呆上一阵子，不会真正有事。你这么干，可是在玩火，算了，我们的生意做不成，你的胆子太大了。”

“你坐下。”

“你在我屁股下放了燃烧的火炭，还要我坐下，我不怕把屁股烧焦了？”

“你多虑了，我不是整车整车地要，我只要一棵就够了。”

“一棵？能干什么？”

“礼物。”

“礼物？”

“有人稀罕这个。”

“给你开路子的人？”

“给我开路子的人，也就是给你开路子的人。”

“妈的，我只好干了？”

“也可以不干。”拉加泽里的语气带上了李老板对自己提落叶松时那种疲惫的无可无不可的劲头，“伙计，你会干，我也会干。我们不干，别人会干，对不对？”

为了什么？钱。当然是钱。但只是钱本身吗？好像也不全是。好多东西，人家没有自己没有时，谁都不会觉得有什么缺憾。但人家有了，大多数人都有了，你没有，就要日思夜想，不得安宁了。

“有钱了，我先买卡车，东风牌，最新型号的，你呢？”

“我不知道。”

“你不知道？！”

“哥哥养我长大，他眼红人家都在盖新房子，那我就帮他盖一座新房子吧。”

“帮他？那不也是你的房子吗？”

拉加泽里说：“等我们挣到了钱，我请你到镇上，在李老板的茶馆里慢慢扯这些闲篇！”一个上午，拉加泽里就把事情搞定了。木头订下了。车也雇下了。自己搭了顺路的拖拉机回镇上去了。

九

一回镇上，他直接就到了检查站。

拉加泽里找到本佳，也不说话，把他拉到屋子里，将装在信封里的八百块钱塞进他口袋，压低了声音：“你跟刘站长是什么时候的班？”

在他想象中，这种时候，应该有点做什么不能见天的事情时那种诡异的味道，却没有想到眼下这事情却像在百货公司买东西一样的正大光明。本佳手按着塞进了钱的上衣口袋，把头伸出窗外：“帮我看看值班表，我是不是晚上的班！”

过一会儿，窗口上伸出一个脑袋：“是晚上，怎么？有朋友过关？”

本佳没有答话，只是挪开身子，把隐在他身后的拉加泽里就暴露在了这人面前。那人说：“嚯！我那天晚上的酒都还没有醒干净，你就已经打点妥当了。行，是个要干事的人。”说完，那人就回去忙自己的事情去了。

本佳要忙自己的事情，他的桌子上摆着一大摞的复习资料。他正上着什么大学的函授课程：“学历，学历，没有学历的人在单位没有前途。”

拉加泽里想，一个人因为一种身份，把着这么个关口，天天都有钱落在口袋里，还要什么样的前途呢？拉加泽里没有愚蠢到会把心里的疑虑去问人家。他只是有点不相信，对他来说天一样大的过关的事会这么简单。他以为本佳还会交代点什么。本佳从书本上抬起头来时，却说：“你傻了？还站在这里，影响我复习功课了。”

“我是想……要不要去……看看刘副站长？”

“他不在，上县医院去了。站长不是还躺在医院吗？”

“我晚上几点来？”

“唉，我说你怎么婆婆妈妈的，几点？怎么不跟我对对表？你以为是在干什么惊天动地的大事情！”本佳不耐烦了，“不要太早，等镇上人差不多睡了。也不要太晚，太晚，我要睡觉了。”

拉加泽里走出门去，还不敢相信事情竟然这么轻而易举，忍不住又返身回来，拿出给刘副站长的那份钱：“这是……

刘站长……”

本佳头也不抬：“他的东西你自己给他。”

他都转身走到门外了，本佳却叫道：“回来！”他又转身回去了。

本佳沉下脸来：“我教你一条规矩，你要感谢谁，不管是拿东西还是拿钱，就只给他本人，不要跟第二个人照面！”

拉加泽里这下心里踏实了，刚才看本佳一副大大咧咧的样子，他觉得自己的事情人家并没有放在心上。那张满不在乎的脸一沉下来，说明他是在乎的。于是，他那一脸感激的笑容再也不是装出来的了。感情一到位，嘴里那些好听的感激话想都不用想就溜出来了。在镇上，人们都说这很少说话的小子是个倔骨头的家伙。但在此之前，他既没有与这些人平等的机会，也没有通了关系在一起做点什么，一个人微言轻的人，对这个世界又有什么好说的呢？现在，他心里踏实了，好听的话自己就涌到嘴边了。

这些话听得本佳脸上浮起了笑容：“小子，不知为什么，我就想教教你，免得刚入得门来，地皮都没有踩热，犯了行内的忌讳，又被踢出圈外补轮胎去了。”

这么推心置腹的话，更是让他感激莫名。更多的话，就像泉水一样涌出嘴巴了。

“行了，行了。到时候就来吧。”

回到修车店里，他在床头上的镜子里看见自己还挂着一脸笑容。很开心的笑容。含着谄媚之意的笑容。而在此之前，他心里痛恨那些脸上总是挂着这种笑容的人。在镇上这两年多里，跟同在镇子这几十号人相遇，他也会微笑。但那笑容总显得落寞而空洞。在别人看来，这也是一种孤傲的表现。但是，一旦有了一点机会，这种动人的谄媚笑容就浮现在自己脸上了。他躺在床上，身体很累，脑子却很新鲜。又从床上起来。店里也没什么事，他就往茶馆去了。

李老板仍然抱大号茶杯，安坐在店子里。

看见他出现在店里，李老板脸跟眼睛一丝不动，也不招呼服务员上茶。拉加泽里脸上那未经训练就自动出现的略带谄媚的笑容就僵住了。

“李老板好。”

“有何见教？”口气平淡得有些冷漠。

“事情办妥了！”

“什么事情？你的木头装了车，通了关，运到山外的市场上赚到了钱？”

“这个，准备好了，今天晚上就过关。”

“那，不要对我说事情办好了。”

拉加泽里有点委屈了:“我是说你要的那落叶松，棺材料，我找人去弄了！”

李老板不听这个还好，一听这个，猛然一下把那大茶杯蹾在桌子上，顿时，里面那些漂亮的绿中带点点微黄的茶芽翻卷起来，青碧的茶汤立即就混浊了。他背了手走到门口，站了一会儿，又回来：“算了，你个小娃娃，我跟你生什么气！你要想发财，不能走你们村里那些人的野路子，要耐住性子，我就是看你耐得住性子，可怜你也算知书识礼，才想帮帮你，想不到也是个见点钱就心浮气躁的主！嗐！再说，你还才见到钱的影子，真钱的味道你还没有尝到呢！”

“我……就是……有点高兴。”

“有点高兴？脸都快笑烂了，有点高兴？我看是高兴坏了！算了，那几米木材的指标我白送你。以后，你也不必来找我了。”

轰的一声，拉加泽里的头一下就大了。命运之门刚刚在面前打开一道缝隙，让他看见了天堂里的一丝金光。他本以为，这门会越开越大，现在，却在一个不可能预想到的地方要訇然关上了。于是，他听到哀求的话从嘴巴里滚滚而出。本来，他可能会有更下贱的表演，但是李老板把他止住了:“少说这些自己都不爱听的话，还是先把眼下的事情办好吧。”

他还想表示点什么，李老板又抱起大茶杯，回复到平平淡淡的神情与语气：“其他的事情以后再说。”

拉加泽里知道，现在要再说什么都没有用处了。他还是松了口气，至少，那门没有完全关死。或者说，关上了，却没有锁上门栓。刚才还兴奋得想唱出来的心情一下子变得忐忑不安。几分钟前，身子像鼓胀的气球轻飘飘的像是要飞起来了，现在，他往回走，沉重的脚步拖在马路上沙沙作响。

在没人的地方，他狠狠打了自己两个耳光。因为用力过猛，挥动手臂时，腰上的伤又被扯动，疼痛又像一条鞭子落下，从腰眼直掠到后脑勺上。费了很大劲，他也定不下神来。这时，一辆重载的卡车开来了。把两个爆裂的轮胎摆在了他的面前。要在十分钟前，他可能不会接这活儿了。他会提供工具让司机自己来干。但在这心神不定的时候，这份活来得正好。他系上围裙，戴上手套，用铁撬棍把钢圈和胶轮分开，坐下来修补轮胎。小小的店里，熟悉的铁锈味和橡胶味弥漫开来，使他慢慢安定下来。这时的他，把平常觉得简单枯燥的事做得津津有味，不用揣摸别人的想法，不用机关算尽，不用忐忑不安，锉刀一下一下拉在富于弹性的胶皮上，有种很舒服的起伏不定的手感，每一锉下去，效果都清晰可见：光滑的橡皮表面的光泽消失了，起毛了，起了更多的毛，更大面积的毛，可以涂上胶水了。强力胶水气味强烈，而且令人兴奋。胶水把两片被锉刀拉毛的橡胶紧紧粘合在一起了。

老王背着手从店前走过去，他没有抬头。但他知道是老王走过去了。

李老板也抱着茶杯从店门前路过，他也没有抬头。李老板还在门口站了一站，看他忙活自己的事情。

他也没有抬头。

补好轮胎，卡车重新开动，黄昏已经降临了。巨大的黑暗从每一个有阴影的地方——从树影下，从岩洞里，从镇上那些房子的某个角落，甚至是人心的内部某个地方——渐渐弥漫开来。那辆重载的卡车呜呜嘶叫，出了镇子，进入盘山道上，在这样的路上爬行四十公里，越过海拔将近 5000 公尺的山口，再急转而下，顺着峡谷，转到东南方的出山的路上去了。看看地图就知道，这是一条很绕的路。如果地理只是一张纸，那么，打开这张纸，从这些出产木材的群山，从这个自治州的腹地，或者说青藏高原东北部通向四川盆地的地方划一条直线，那么，这条公路并不需要绕这么大一个圈子。如果公路照这个方向走，那就不是在机村装载了木头的卡车要往这镇上了来，而是公路到了这双江口镇上后，不上山，直接往机村去，然后，经过机村往风景美丽的觉尔郎峡谷去。但是，机村与觉尔郎峡谷那急降了上千米的悬崖把这条路封断了。在那个地方修路，需要很多钱，也需要更高的技术。已经有好几支设计队勘察过这条路线了。共同的结论是从机村开始，打一条隧道，长五到八公里，那条高等级公路穿过觉尔郎风景旅游区（规划中的），这样，汽车可以在危险的盘山路上少跑近百公里路。再说这也是最危险的翻越雪山的路段。在这近百公里路上，冬天的冰雪，夏天随时爆发的泥石流，时常有车毁人亡的事故发生。但现在是五月，是这条道路最为畅通与安全的季节。

拉加泽里站在店门口，看那辆卡车前大灯两支光柱交叉在一起，左右摇摆，从远处看去，像是蜗牛慢慢爬动时头顶上那对细细的触角。不是车灯不够强劲，实在是这大山里的夜色太宽广无边了。很快，卡车晃动的光柱就被大山的暗影完全吞没了。

心里头那股兴奋劲被李老板打下去，身体困倦就袭来了。身体刚沾到床，他就睡过去了。猛然一下惊醒过来时，心里不禁惊叫一声，完了！脑子里闪过可怕的念头：睡过头了！而且一时间还想不起这么一下跳起来冲出屋子是为了什么事情。他站在夜色中，头顶上的天空缀满了闪闪烁烁的星星。稀薄的星光像一片冰冷的水哗一声淋透了全身，他清醒过来，转身就往检查站跑。跑到那扇灯光明亮的窗口前时，看见检查站的人都没睡觉，他们大呼小叫地围着一桌麻将。本佳也在。他冲进去，拉住本佳，问："几点了？"

本佳很奇怪地看着他，用嘴朝他的手腕上呶呶："你戴着表嘛。"

的确，那只伸出去紧抓着别人的手腕上，金属表壳在灯光下闪闪发光。时针才指向十点。有人和牌了。桌面上马上有两三百现金往来。本佳也兴奋地叫一声："中了！"

他也收到了和胡牌那人一样多的钱。这是刚兴起不久的一种玩法。麻将一桌四人。多出来的人，可以跟定桌上任何一家，人家输多少，你输多少，人家赢多少，你也赢多少。

"嘿，小子，你也来跟一家！"

拉加泽里哪见过这样钱不像钱，就像纸一样在桌上飞来飞去的场合，连忙往后退缩："下次，下次吧。"

"小子，该学学这些东西了，要在场面上混，这些可都是必需的功夫啊！"

本佳却说："我撤了。"转身把拉加泽里带到自己屋子里："来，我有道习题解不开，听说你在学校是高才生，帮我看看。"那题就是高一年级的水平，三下两下，拉加泽里就把题解开了，并随手把每一个步骤都写在了纸上。本佳也不是个笨人，题还没有解完，他就已经明白过来了。他说：“你他妈真是个高才生啊！”

拉加泽里点点头。

“那你真是个傻瓜，为什么不继续念书了？”

一句话，立即就把他做题时脸上那自得的神情抹掉了。他有些茫然地重复着本佳的问题：“我为什么不念书了？”

这真是一个问题，虽然说不念书是自己的决定。但好多时候，心里头对为何做出这个决定还是感到一片茫然。

“你这么厉害，为什么不念书了？”

他说：“我的女同学都上医学院了。”

“女同学？”

“女同学。”

“忘不掉？”

拉加泽里无话可说，只能尴尬地笑笑。

“她也喜欢你。”

“现在不喜欢了，我们吹了。”

本佳有些动容了：“想不到你小子还有这些故事。可我想不通，你为什么不好好上学了。”

就像电影里到了很关键的时刻那样，他脑子里响起了一段很忧郁的旋律，那是乡村里古老的民歌：

在翻过高高雪山的时候，
我的靴子破了。
靴子破了有什么嘛，
阿妈再缝一双就是了。
可是，雪把路也淹没了，
雪把方向也从脚下夺去了
……

他要对人讲，是因为看了别人，比如更秋兄弟弄木头发了大财，村里那么多人家买了卡车，盖了新房子，所以，他就离开了学校，那几乎是一个笑话，因为迄今为止，他并没有挣到钱。那段诱使人倾诉不幸的旋律还在脑子里回响着，但他不想把什么都说出来。说什么呢？说他从小就失去了父亲。说自己摊上了一个懦弱的、总在怨天尤人的兄长。上学时，他学习好，兄长忧心忡忡，为了当下的学费，更为了上大学后需要的更多的钱。谈母亲因为生下自己而惭愧终生，在家里从来不言不语；惭愧把她身上对儿子的爱也夺走了。母亲在家里只是一个影子般的存在。

拉加泽里不想说话，但他的眼里却有泪光漾动了。

本佳说：“好了，好了，干脆，你就跟我一起读自考大学吧。”

拉加泽里缓缓摇头：“你是国家干部，你读自考有好处，我读自考干什么？”但他想说一句更快意更决绝的话是：“我已经把自己毁掉了。”但他没有这样说，他用哀戚的口吻说：“本佳，你要帮我。”

本佳说：“我已经在帮你了。”

桌子上的麻将还没有散去，卡车前灯明亮的光柱已经横扫过来了。

车上的木材有十多个立方，他的指标单上只有五个立方，但是，本佳连看都没看，就收了他那张纸头，另换了一张硬纸卡片，在空格里填上数字，盖上一个蓝色的方块印章，就在屋子里按动电钮，关口那根栏杆就慢慢升起来了。

他感谢的话还没有出口，本佳挥挥手，说：“回来后你要帮我复习。”

“一定！”

重载的卡车又开动了，雪亮的前灯打开，光柱随着车子的移动横扫过镇上那些蹲伏在夜色中灰蒙蒙的砖墙瓦顶的房子。强烈的灯光照出了房子上那些平常并不留意的尘土。坐在车上经过这个镇子和呆在这个袖珍的镇子里的感觉是截然不同的。在汽车强烈的车灯照耀下，这不过是一个像是因为被遗忘而渐渐沉陷的地方。但是，在木材盗伐者、长途汽车司机和木材老板以及警察和林业系统相关人员心目中，这可是一个大名鼎鼎的地方，而且，这个利益链条上的每一个人，都不会想到，从现在开始，还有十来年时间，这个地方就会被人迅速遗忘。镇上因为各种因缘而风云际会的人物，四散开去，消失在茫茫人世中，不复相见。只留下这些房子还矗立在荒野之中，颜色日渐黯淡，房顶慢慢坍塌，只剩下一些断壁残垣爬满了荒草与藤蔓。现在，这个镇子外表昏昏欲睡，而在内部，在里边，却是另一番景象。警察在大瓦数的灯光下询问“留置”的嫌犯；检查站的人围坐在麻将桌前；茶馆里，一些生意人在交流信息；旅馆的床上，长途汽车司机已经沉沉睡去，还有一些身份暧昧的家伙百无聊赖地对付着整箱的啤酒；而在某个贸易公司新开的办事处里，装饰得颇有大城市酒吧风格的包间里，那几个漂亮的公关小姐正在陪客人痛饮 XO。贸易公司办事处那种张扬豪华的风格使低调的李老板不屑的同时，也深感不安。上个星期，他应邀参加了办事处的开张典礼。那么响的鞭炮，那么短裙子又那么大方的公关小姐，那么多的洋酒，床一样宽大的沙发都让他不安。尽管如此，那天他还是喝高了。李老板是个很节制的人，但是，他一脸紫红，站在修车店前说：“妈的，那些姑娘就敢一屁股坐在你身上，妈的，还喝交杯！”他缓缓摇头，轻轻叹气：“妈的，这个世道，这个世道！”

拉加泽里嘴上不说，但心里却嘀咕：“这个世道是什么世道，大家都挣得到钱难道不是好的世道？”

那天的暮色中，李老板搬出了难得一拉的二胡，坐在门前深俯下身子拉动弓弦，那低缓犹疑的沉吟声注满了黄昏里渐渐逼仄的视觉空间，如泣如诉，似悲还喜。

十

卡车很快就驶出镇子，开到往山口攀升的盘山路了。

刀子脸看了看拉加泽里。拉加泽里却没有看他。

这家伙还沉浸在自己坐在卡车上经过镇子时的那种疏离感中。他有些吃惊，这个置身其中这么长时间的地方却显得如此陌生，好像跟自己没有丝毫的关系。就像这些天来，事情说开始就开始了，比他想象的要容易，因此有种恍若梦境的味道。

刀了脸说：“想什么哪，钢牙？”

拉加泽里这才回过神来：“就这么一路去省城了？”

“那怎么去？”

拉加泽里有些尴尬地笑了：“我不是这个意思。”

刀子脸有些不高兴：“你是要押车去省城？”

拉加泽里意识到自己其实没有认真想过这个问题。

刀子脸干脆把车停下来，说："现在你是老板，你得告诉我去还是不去？"

"什么意思？"

此刻，这张脸上讨好的笑容消失了，真的是闪着清冷的刀光："我想该有人告诉你路上的规矩。"

"我已经竖起耳朵了。"

"你在木材市场上有定下的买家？"

"没有。"

"我想你也不认识他们。"

"不认识。"

"那就要靠我来联系买主，讨价还价。"

"你联系，我是老板，我讨价还价。"

刀子脸笑了，他竟然伸出手来拍了拍拉加泽里的脸，语气里也带上了揶揄的味道："同学，我不能说这条道是黑道，但说它半黑不白也不算吓唬你。这条路子也不是一天两天就能蹚出来的。"拉加泽里也听说过,在省城附近的木材市场上，大公司的东西直接就交到木材厂或火车站了，他们不在市场上数钱。在市场上零卖的，其实都是卖给几个霸住了市场的帮派，然后，他们再在市场上集中发售。

他没有去过省城，但这么些年来，却打听到不少那个木材交易市场的情况。他甚至想到，第一次怎么去会那些好勇斗狠的帮主。他没想到的是，一过了检查站的关口，离省城的交易市场还很远很远，刀子脸就跟他翻脸了。

刀子脸关掉了车前灯，四面大山里深重的夜色立即紧逼过来。两个人在黑暗中静坐了一会儿，刀子脸啪一声打开驾驶的顶灯，同时把一万块拍在他面前："这一车，你净赚这么多。剩下的，我有买主，除了运费，也该赚个一千两千。钢牙，生意就是生意。等你有了本钱，我会帮你介绍在市场上说得起话的朋友。"

他说这话时，就像紧逼过来的夜色，多少有些强迫的味道。

拉加泽里拿起那一万块钱，塞进口袋，想了想，又点了五百块出来，伸到刀子脸面前。

刀子脸问："给我？为什么？"

"买票。"拉加泽里笑了，"我们的生意已经成交了，我还没有去过省城，我想去看看。"

刀子脸紧绷绷的脸松动了，终于露出了一点笑容："钢牙，我说你是不是太急了一点。"

"我不着急。我就是没有去过省城。"

拉加泽里心里怀着委屈，所以眼睛没有看刀子脸。看他的眼光，好像正盯着车外某个很遥远的地方。但窗外便是四合而来的黑暗，不可能看见什么。刀子脸摇摇头，打开车灯。即便如此，除了两道交叉的光柱照亮的一段上坡路，路边的岩石和丛丛灌木，并不能看见什么。车子上路了。看着车前晃动的光柱随着道路的变化，一会儿朝向星光依稀的天空，一会儿探向深不可测的山谷，拉加泽里突然想起一个电影里的形象：笨拙的巨人，挥舞着僵直的机械手臂，在跟看不见的什么东西搏斗。

很快，他就随着车子有节奏的摇晃，睡着了。

醒来时，天已经大亮了。卡车正行驶在他从未见过的风景之中。五月，机村的庄稼刚刚出苗，沿河两岸，杜鹃刚刚开花。这一路上却见农民收割成熟的麦子。那些农家小院里，碧绿的树上结满了鲜红的樱桃。山还在，但变得轻浅了。空气湿漉漉的，开阔的谷地中散布着稠密的村庄。他们出发的那个山间小镇已经很遥远了。拉加泽里睡眼惺忪，问是到某某地方了吗？

一脸倦容的刀子脸嗓音都沙哑了："你不是没有来过吗？又怎么知道这是什么样地方。"

拉加泽里懒洋洋地笑笑："在机村，在双江口镇上，就是你们这些人谈这一路上的事情，谈得我都不想听了。”

“给我点根烟，困得不行了。”

“那就休息一下。”

“再挺挺吧，顺利的话，再有两三个钟头就到了。”

“这么宽这么平的路，还有什么不顺的？”

刀子脸低低咒骂了一声，拉加泽里就看见前面公路上几个戴大盖帽的人设下的临时关卡。卡车停下，他们也不说话，递上一张单子来，刀子脸交了五十块钱，摇上车窗。两个穿白衣服的人背着喷雾器，对着车子呲出一股股灰白色的雾水。

拉加泽里问：“这是干什么？”

“消毒！”刀子脸大声喊道。

“我们有毒吗？”

刀子脸启动了雨刮器，刮去喷在车窗上的乳白色药水，指指外面。拉加泽里看到了停在路边的车上“防疫”的字眼。这一段路，公路平整宽阔，但车却跑得并不顺利。到达目的地之前，卡车又遇见了几次大盖帽设下的关卡，每一次，都是交钱过关。有一两处，有装模作样的检查，大多数地方，交了钱就过关了。

拉加泽里还感叹：“光收钱，不认真检查！”

“闭嘴，幸好人家今天情绪好。他们要一认真，随便挑你一个毛病，那就倒霉了。乡巴佬，这就是进城。乡巴佬不是都想进城吗？这是城市在欢迎我们！”

那个巨大的城市出现了。

但不是电影里看到的那个样子，也不是画报上的样子。电影和画报里那些闪闪发光的高楼只能从光线迷蒙的天际线上隐约看见。而眼前的景象却肮脏而混乱。那么多高低不一的房子簇拥在一起，人流在拥挤不堪的街巷间涌动。那么多人，茫然而又焦灼。这些人是城里人？还是乡下人？还是他这样的异族人？他不知道。表面看来，城里人跟乡下人，这个民族跟那个民族的人，并没有太多的不同。他们在这尘世上奔忙，目的与心情都没有两样。是一万个拉加泽里加上一万个刀子脸，如此而已。拉加泽里心头隐隐感到被噩梦魇住般的窒息感。穿过涌动的人流，穿过那些曲折的街巷，卡车终于开到了市场。市场当然也不会是拉加泽里想象中的模样。这里比那些曲折的街巷更混乱、更喧嚣，出没沉浮的人们脸上都带有一点凶狠的神情。因为这个地方有一个人人都揣在心头的字：钱！

刀子脸跳下车，眼里又现出了那种凶巴巴的神情：“看好车，我去找人看货。”

他穿过货场上堆积的大堆木材，一辆辆载重卡车，一团团、一簇簇搅缠纠结的人群，从拉加泽里眼中消失了。

他看到人们把木头装上一节节火车车厢，听见不远处，隔着一列并不特别高大的水泥建筑，火车汽笛呜呜地鸣叫，这些过去只从书上看到，内心非常想往的东西，此时，却一点也不令他激动。

混乱的情景只是使他感觉迟钝，麻木不堪。

刀子脸跟着几个表情横蛮的人回来，验货，谈价，抽烟，开玩笑，称兄道弟。他却坐在驾驶室里流汗，犯困，没有动窝。交易完成了，那个人称老大的家伙，还拉开车门，仔细地把拉加泽里打量了一番，转身对刀子脸说："这里还有一段木头嘛。"

刀子脸挥挥手，没有说话。

直到卸完了货，在一个带着巨大停车场的旅馆住下来，吃了饭，睡觉。起来，又吃饭，喝了不少啤酒，刀子脸带他去洗了澡，又倒头睡到第二天早上，换上新买的单薄清爽的新衣裳，拉加泽里才恢复了感觉，能够开口说话了。

刀子脸心情不错："说吧，想上什么地方去玩玩。"

从别人嘴里，他知道这城里很多地方的名字。公园、百货公司、电影院、舞厅、酒吧、有小姐的宾馆。他也知道，医学院就在这个城里最漂亮的地方。他还想起了一个地方：

万岁宫。他听驼子啊、索波啊这些正在老去正在过时的一帮人说过，机村最初砍伐树木，就是为了在这个城市的中心建一座万岁宫。那时，不是成片砍伐，而是在森林里寻找那些最漂亮的树——桦树，柏树，杉树，落叶松。索波他们说，那万岁宫肯定是城里最高大雄伟的地方。他不像刀子脸那样什么都喜欢向爱理不理的城里人打听。他从一个香烟摊子上买了一张市区地图，但手指在上头划拉半天，都没有找到万岁宫三个字。还是刀子脸从一个戴眼镜的老头那里打听到了："年轻人，那是过去的事情了！"老头从拉加泽里手里拿过地图，指出了那个地方。那地方就在图的中央，位置倒是符合想象。

"时代变了，如今叫这个名字！"老头手指很用力地戳向图上那几个字，差点把地图都捅破了。老头和善的脸上也浮起了凶巴巴的表情。

两个机村人前去那个地方。

两个机村人都有些心情激动，要去看看机村森林最初奉献出来的木材造就了一座怎样辉煌雄伟的宫殿。钻进出租车，刀子脸说："这下，我们两个回去就有牛皮可吹了！"

没想到那个地方却是那么令人失望。那方正敦厚的建筑灰扑扑的，远没有竖在楼顶的那些广告牌色彩亮眼，更不像邻近几幢玻璃幕墙闪闪发光的新楼那么神气活现。两个机村人进到这座建筑的里面。除了宽大曲折的楼梯，深棕色的栏杆，厚重的门，他们没有看到什么木头。他们看到的是水泥的墙，石头的柱子。万岁宫里也没有住着什么大人物，也没有进行着什么决定很多人、很广大地方命运的那种神秘而伟大的事情。现在，这个叫展览中心的地方，其实就是一个巨大的商场。二楼，是羊毛衫展览。全中国造毛衣的工厂都在这里支起一个摊子。全国各地不同的羊毛纺成的线都织成了毛衣，全部悬挂在了这个地方。一楼，是家具展览。全国各地的森林里采来的木头，甚至还有外国的木头，人造的木头造成差不多的家具：衣柜、书柜、碗柜、鞋柜、床头柜、文件柜、古董陈列柜、双人床、单人床、婴儿床、沙发、椅子、饭桌、麻将桌、书桌、办公桌……展览馆场地都不够用了，又在外面原来是广场的空地上搭起了很多临时性的房子，那些床、椅子、桌子、柜子同样充塞满溢了那些地方。

有好些摊位，特别把原木家具作为卖点。为提高可信度，还标出了原木的产地。这两个机村人所来的那片地区的很多地名,都出现在了这个展销会上。两个人都没有说话。出了乱哄哄的展销会，坐在展览馆前领袖塑像基座宽阔高旷的台阶上，看着下面广场上熙熙攘攘的人潮，拉加泽里突然说："可惜我们机村的木头了。"

"是啊，现在不管他们用木头来做什么，我们还能换几个钱，那时候，却是一分钱也没有换到。"

"你说，要是让以前那些老家伙，驼子跟索波他们来看看这个地方，他们怎么想？"

刀子脸站起身来："他们怎么想关你什么事？那时候他们一分钱都不挣就砍了那么多树，说明我们赶上了好时候，那就抓紧挣钱吧！"

拉加泽里笑了："我猜你嘴上说的跟心里想的不一样。"

刀子脸弯下腰，脸上又显现出凶巴巴的神情："我看你只要弄清楚自己心里怎么想就阿弥陀佛了。"

两个机村人在那里坐了很久。身后身量巨大的领袖塑像正对的方向，一条宽阔的林荫大道延伸到视线的尽头，街道边的建筑，街道上的车流，越过江水桥梁，已然符合了拉加泽里关于这个城市的想象。这是画报上的城市，是电影里的城市。从手里那张市区地图上，他知道，有一个机村走出来的姑娘所上的大学，就在这条繁华漂亮的街道之上，而这个姑娘是他曾经的恋人。想起这个，他不禁黯然神伤。

十一

一个乡巴佬，第一次进省城，而且赚到了钱，却心情沮丧，这是拉加泽里自己没有预想到的。

李老板却因此有些高兴，他说："这就对了。"

"不高兴就对了？"

"人当然该高兴，也要看为什么高兴。"

拉加泽里拿出赚到的九千五百块钱放在桌上："我不知道该付你多少钱。"其实，他知道行情，知道该付多少钱，但他还想听到李老板再说句"这就对了"。

可是李老板没说这句话，也没有碰放在桌子上的钱，他说："小子，你不动脑子时很可爱。记住，做生意做事情，不要太动脑子。太动脑子，人家就不喜欢你了。"

他不喜欢这句话，但他点点头，说："我记住了。"

平时和颜悦色的李老板这一天冷峻得要命:“不是记不记得住,而是做不做得到。有多少话我们记住了却不会去做。”

“什么话?”

李老板脸上露出了有些讥讽的笑容,指指对面房子上白漆刷成的大字标语:“多得很,比如说那些话!”

标语是:保护森林资源!严禁乱砍滥伐!

“这句话人人都记得,可谁会去做?”

话说到这个份上,就没有再说下去的余地了。拉加泽里笑了:“我来付你钱,乱砍滥伐得来的钱。”

李老板没接这个话茬:“这笔钱够你回去读完高中了。”

“我回不去了。”拉加泽里深吸一口气,缓缓地说道。

“那就是说,你一定要在这条路上走下去了。”于是,李老板从那摞钱里点出自己那一份,从腰上解下钥匙,打开柜子,端出一只铁盒子,从里面又取出一纸批件,他一看那数字,不禁吓了一跳,是一张一百二十立方的大单!虽然李老板提醒过他不要太动脑子,但他脑子飞快转动起来。做好这张单子,再依靠检查站的关系,做点手脚,至少可以赚到十万元钱。

“算清楚了?这回,可不是卖指标,这是我们两人的合伙生意,你跑腿,搞收购,我出本钱跟指标。”

拉加泽里心里的阴霾一扫而光,他爽利地说:“你是我老板！”

“记住，不能对人说指标的来处。”

“老板还有什么吩咐？”

“和气生财，做生意，特别是我们这种人人都做，其实并不合法的生意，不要跟人斗气，不要跟人结怨。”

“记住了。”

李老板摇摇头：“小子，你答应什么事都太快了。”

“因为我愿意听你的。”拉加泽里这句话是非常由衷的。李老板也因为这句话的真挚诚恳而有些感动：“我相信这是真话，但我还是那句话，真要做到就不容易了。”

“我会……”

李老板摇手，打断了他：“今天晚上，我请老王喝酒，你来作陪，怎么样？”

“……”

“看看，有问题了吧。小子，其实只需要记住你是在做生意就可以了。”

“我去。”

“这就对了。”

出了门，拉加泽里去找本佳。他已经把本佳当成朋友了。他从省城给本佳买了一套英语听力磁带。到了检查站，他心上却有些忐忑，自己把人家当成朋友，但人家也会把自己当成朋友吗？毕竟身份的差异是巨大的。一个是修补破轮胎的小店主，一个是手握检查大权的国家干部。果然，本佳见了他却表情平淡，但一切都在他拿出那套英语磁带时改变了。

“我给好几个木头老板打了招呼，让他们买，都没有买来，录音机倒送了好几部！”

本佳当即把一台没有开封的录音机送给了他：“你拿去用吧。”

他只想到自己应该送检查站的人钱，没想到人家还要送东西给自己：“我要付你钱。”

本佳抬头看他一眼：“妈的，这个地方，他妈时时刻刻都是钱。记住，朋友，不要时时刻刻都说钱。”

拉加泽里听了这话，真是开心得要命，他咧开嘴笑了：“妈的，好像每个人都想教育我，都对我说记住这个，记住哪个。”

本佳拿出这几天做过的题：“又有两道不会解。”

“我来试试。”

“你解有屁用，要讲讲是怎么解的！”

“我又不是老师。”

“你就是我的老师嘛！”

这次解题，可真是愉快。人一愉快，时间就过得快了。

还是本佳说："妈的，饿得不行了。"

拉加泽里这才猛然想起要去陪老王喝酒："李老板要我去跟老王喝酒。"

"这只老蜘蛛。"

"什么意思？"

"蜘蛛干什么你不知道，就是结网子呗。"

"我去不去？"

"妈的，人家吃肉，你也不能光闻肉香，要吃肉就要结网子，怎么不去？"

"我不知道……该不该……你不知道他打我有多狠。"

"你恨他。"

"当然。"

"你不能恨他。"

"当然。我怕他恨我。"

"他恨你干什么？"

"那他打我那么狠。"

"那是工作！小子，工作，你懂吗？他打你就是工作，跟你锉那些胶皮差不多。"

"胶皮不痛，胶皮不是人。"

"那时候，你他妈就是胶皮。去吧。"

“那怎么去？要不然，买点什么意思意思？”

“拉倒吧，小子，你太爱动脑子了。”

拉加泽里就去了。果然，老王见了他，很随意地说：“小子，别装好人样子规规矩矩站着，坐下。”

喝酒的地方是那个贸易公司办事处的包间里，暗红的灯光，让身子陷下去的沙发。喝的是洋酒，很冲，口味很怪。老王很能喝，李老板也不差。老王喝酒有警察需要的舍生忘死的气概。他心肺功能不好，在这氧气稀薄的地方，他本来就喘不上气来，一大口酒喝下去，他就深陷在沙发里，往上挣扎。终于，他吐出一口气，说：“啊，太他妈痛快了！来，小子，跟我干一杯吧！”

因此，拉加泽里相信了，他那么狠心地痛殴自己时，那只是他在工作。而现在，喝酒的时候，他才是喘不上气来的老王。他说：“活着也不容易，妈的，一醉解千愁，干吧。”

老王醉了，他伸出手来摸摸拉加泽里的腰：“小子，这里还疼吧？”

“不疼了。”

老王笑了：“不疼？不疼你个十天半月才怪。不过，这下你在你们机村人眼里，算是有种的家伙了。听说他们都给你起好新名字了？他们怎么叫你的？”

“我没听说。”这家伙竟然这么随随便便提起对别人的伤害，而没有感到丝毫的不安，使拉加泽里心里真的泛起了一股怨愤之气。但他没有露出丝毫的不满，不是他害怕老王，而是因为李老板一直在观察着他。

“钢牙！钢牙！”老王笑起来，转身去拍李老板的肩膀，“朋友，有了那一次，村里那些毛头小子，就尊称他为钢牙了！嗨，小老弟，你喜欢这个名字吗？”

“也有人叫我胶皮。”

“胶皮？”

“修车店里的胶皮。”

“唔，更像一个大人物的名字。”

“你不能再喝了。”

“听听这小子叫我什么？‘你’？告诉你，小子，论年纪，你该叫我伯伯。”

伯伯？管一个把自己打得伤痕累累的人叫伯伯？

“叫不出口吗？就因为我搞调查案子捅了你儿棍子？”

拉加泽里把眼光转到李老板身上，他靠在沙发上，闭上眼睛，一副对任何事情都充耳不闻的样子。于是，他叫了：“伯伯。”

“再叫一声。”

“伯伯。”这第二声叫起来，就轻易多了。

“好吧，小子，作为一个奖励，我告诉你一个秘密。你再把这个消息告诉机村人，等这个消息确实了，他们就要对你另眼相看了。”

“什么？”

老王先是叹了口气，接着又笑了：“让你们机村那些干了坏事的人放宽心吧，案子不会再追下去了。”

“案子不追了？”

原来是县里要开一个很大的会。什么会？老王也说不清楚，“现在新玩艺太多了，那会的名字我叫不上来。”总而言之，这是一个县里从来没有开过的会，也是比以前开过的所有的会都要盛大很多的会。“听说光是一个晚上的焰火就要放掉二十万元。这些天，抽调了武警，训练怎么把焰火放得好看。”

“开会跟这案子有什么关系？”在拉加泽里内心里，并不希望这案子停下来。虽然警察不能从他嘴里得到一星半点的线索，却不意味着他不希望有牙口松的人透一点消息给警方。更秋几兄弟本是穷得没有办法铤而走险，挣到了钱，非但没有一点收敛的意思，反而在机村这个小天地里作威作福了。

“当然有关系。开幕式上，主席台上要坐很多上面的领导和来投资的大老板，县里要把全县的三百辆个体户的汽车排成队列开过他们面前。”

李老板这才慢慢睁开眼睛，说邻近的县开类似的会议时，是把几百辆牧民的摩托排成方阵开过主席台前。李老板问老王：“关于这个，上面是什么说法？”

“说是要创造一个宽松的环境，要充分展示改革开放的成果。这样的案子就先放一放了。”

“会开过了再追查？”

“那时，就没有人提得起这个兴头了。你以为警察就想没事找事，抓乱砍滥伐还不是上面布置的任务。”

如果警察这面一松，更秋家几兄弟一活跃起来，他刚刚打开的顺畅通道，也就没有那么稀罕，那么令人刮目相看了。

于是，他说：“其实，你猜都猜得到是谁干的。”

“我当然猜得出来，可是办案不是猜出来，而要靠证据说话！”接着，老王摇摇手，“算了，不说这个了，多一事不如少一事，上面不让办，我们就不办了。”

拉加泽里却怒起心头：“妈的，那我不是白挨了你们的打！”

老王看着他，给自己倒了一大杯酒，一仰头喝干了，说：“难道你还想打回来？”

李老板狠狠瞪了拉加泽里一眼："送老王回去。"

拉加泽里也觉出了自己的冒失，赔着笑脸搀起了老王。人还站在门口，背后的灯光，已经把两人的身影投射到了外面的马路上。

两个身影摇晃不定，相互叠加着，显得那么亲密无间。

酒醉了的老王更是被憋得喘不上气来，但他还是说："小子，与其跟我斗气，不如趁这警察都泄了气的好机会，抓紧干点自己的事情。"

十二

第二天早上，拉加泽里早早起来，看到执勤点前的两部警车已经不在了，只在泥地上还留着清晰的车辙，空气里还弥漫着淡淡的汽油味道。他走到窗前，见屋子里那几张床上，被褥也都收拾了。

他对李老板说：“老王说的是真的。”

李老板抱着大茶杯没有说话。

他又说：“昨天我太冒失了。”

李老板这才重重地把茶杯蹾在桌上，口气却平静：“你就受不得一点委屈？知不知道老子坐了多少年牢？”

他想说几句抱歉的话，一时却不知从何说起。

李老板挥挥手说：“你都知道自己错了，我还生什么气呢？你是个聪明人，觉得该干什么就赶紧去干吧。”

拉加泽里巴不得马上就赶到机村搜罗木头，装车，发运。李老板给他的单子足足有十卡车的木头。他不会规规矩矩就弄十卡车。规规矩矩的生意赚不了几个钱。但他至少可以用这指标作掩护，弄出至少二十卡车木头去。就靠这一张单子，他至少要赚到十万块钱。机会来了，胆子大一点，下手狠一点，这钱也就到手了。他心头虽然兴奋着急，想着马上就奔往机村。但他还是打开店门，把招牌摆到店外，把来往司机补胎要用的剪子、锉刀、旧橡皮、胶水一一摆好，甚至还接通电源，看充气泵运转是否正常，这一切都妥帖了，他又把水管拉到空地架好，看胶皮管子里涌出的清水成扇面散开，清芬的水气立即就把干燥呛人的尘土味压下去了。

忙乎着这一切的时候，他心里的焦灼也给压下去了。

李老板又抱着他那架二胡拉起了一支悲切的曲子。早上的阳光特别明亮耀眼，拉加泽里看不见李老板的脸，只是在那好像可以触摸的一簇簇光线背后，看到他拉琴的影子。拉加泽里想象不出来，这个那么有来头，让那么多人羡慕不已的人，拉出的琴声却如此寂寞悲苦。仔细想想，他真的从没见过李老板眉宇之间有过真正高兴的神情。在检查站，他本来只是想跟本佳联系一下过关的时间。本佳不说话，只是朝墙上努努嘴，他就看到了一张本周的值班时刻表。他笑了："就这么明明白白地写着？”

在双江口镇上，来往的木头贩子，卡车司机，凡是要过关的人，都会打听，检查站上的那些人谁谁在什么时候当班。没指标的，需要内线，有指标的，也多多少少会超出指标，需要人高抬贵手。就算是指标手续全部合法，也担心过关的时候被挑刺，被刁难，即便什么关系没有，也希望遇上一个性情温和、好说话的主。这也是双江口镇上茶馆里，旅馆酒席上，小吃店饭桌上最经常说的话题。

拉加泽里说：“就像学校里学生做清洁值日一样。”

“对，就像清洁值日。”本佳把听录音的耳机摘下来，“问题是，谁能进到这间屋子。”

“我进来了。”

“所以，你的财运来了。”本佳还给他拦了一辆往县林场去装料的车回机村去。县林场是伐木场撤出机村之后由县政府建立起来的，就在过了机村，往峡谷更深处去，往觉尔郎方向去的地方。为此，还从机村开始修筑了一条简易的林区公路。据说，这条公路是依照着规划中的觉尔郎风景区的设计图修的。县上的干部下来讲，将来，再修往觉尔郎风景区的路，只要稍稍拓宽一点，就可以行驶旅游大巴了。县林业局的人所以来机村讲这些话，因为新公路要占去机村十几亩庄稼地，还要从几户人家背后的山坡上通过。公路会斩断从高远处的山脉一泻而下的“气”，坏了这些房子的风水，对这种情形，老百姓是很不高兴的。但是，机村人也愿意有一个美好未来。对于机村人来说，唯一可以看作美好未来标志的，就是那个规划中的觉尔郎风景区。差不多每个机村人都知道上面那个规划。知道有一天，通往省城的公路将不再从双江口镇子那里上山，而要从机村经过，然后，一条隧道将穿过大山的腹部，使觉尔郎峡谷封闭至今，让所有人视为畏途的那些悬崖将不再是天堑。那时，那些悬崖前会竖起高高的观光电梯。只消几分钟时间，电梯就升到悬崖顶端，让游客从高处天神一样俯瞰这个美丽的峡谷。看峡谷里的美丽湖水，奔跑的鹿群，还有古王国的废墟。机村人甚至听说，有个设计师甚至设想把那架观光电梯设计成一座佛塔的形状。这样一来，觉尔郎峡谷除了自然景观与古代遗迹，这座世界第一的佛塔本身就成了世界第一的人造景观。没有哪个机村人不在盼望那个计划的实现。他们盼来过一些规划中的东西，比如水电站、拖拉机和人民公社这样的东西，也有一些东西只是传说，而没有真正出现。比如六十年代机村森林大火时传说中要派来灭火的轰炸机，比如农业机械化，再比如曾经传说过一阵的，一所大学要把机村变成一个综合性的农场兼实验基地。为什么会有这么一个规划呢？因为十几年前，一个会跳朝鲜族舞蹈的大学老师当过一任工作组长，他在机村山上采到过几种野草，说用这些野草跟麦子嫁接可以培养出高产的良种。这个组长还是唯一一个去过觉尔郎峡谷的干部，他说，那个峡谷是一个科学宝库。现在，机村人还传说，当年那个大学老师就是将来风景区管理局的局长。

当然，更让机村人无话可说的是，已经是县委书记的老魏亲自带人来到村里。他没有马上开会。他让跟来的人呆在广场上。自己只带着秘书，这家人吃碗茶，那家人喝点酒，几家人走下来，他才对林业局长说："你可以开会了。"

拉加泽里记得，老魏也去了他们家。

照例，老魏是可以不必去他们家的。老魏先去的那几家，都是在机村能说上话的。但老魏说："我得去，要是有时间，每一家都应该去。修路也要影响到这家人，我得去。"

拉加泽里不认识老魏。但机村很多人会不断说起他。这也是他见到的第一个听见过很多次，但却第一次见到的人物。他觉得，听见过很多次，但却不能见到的人物，就是伟大的人物。

老魏拍拍他的头，说："小鬼，我在机村时，你还没有生出来吧。"

拉加泽里当然不知道自己有没有生出来，哥哥听了这句话已经激动得不行了。哥哥一激动，嘴唇就要哆嗦不止：“我们都知道书记向着我们机村，我们也不给机村添麻烦。要修路就修吧。”

老魏像在自己家一样坐下来，端着茶碗，话说得语重心长：“这条路不光是砍树，也算是为将来开发风景区做的前期准备。”

拉加泽里想，哥哥其实并不真懂得县委书记的这句话，但仅仅只是堂堂县委书记亲自来做说服工作这件事，就让他感动不已了。哥哥说：“那些说法都是封建迷信，县上需要砍那些木头，就修吧，我没有意见！”

老魏说：“那些木头都是十多年前大火烧过的，再不伐下来，烂在山里也可惜了。县里给干部发工资，给老百姓办事，也需要钱哪！但我们的原则是，只砍伐过火林木。”

但谁都知道，那些林木过火已经快二十年了，早已经朽腐不堪，而新建的县林场瞄准的是旁边那些没过火的林子。应该说，那是机村唯一一片完整的森林了。但对机村来说，老魏作为县委书记亲自出马，这已经非常非常有面子了，还有什么事情不能答应。

那天，老魏还对哥哥说：“有什么困难，就对政府提出来。

虽说政府也困难，但总比老百姓好过多了。”

哥哥连连表示没有什么困难。

老魏来到会场还对手下的那些干部感叹：“我们的老百姓真是好说话！”林业局长眨眨眼，没有说话，他遇到的麻烦事情多了，没有感觉到有一个老百姓是好说话的，同样，除了老魏这样的老干部，在机村人眼中，今天的干部，也没有一个好心肠的。但无论如何，这条路修成了。路一修成，县政府所属的林场也顺利建立起来，正是因为有了那个林场，也才有了双江口的木材检查站。正因为如此，机村人也才大面积地干了上盗伐林木的营生。在这个县，没有林场，也没有检查站的地方，即便有大片森林，盗伐木材的人一下就被发现了。但在机村，林场的生产是盗伐的最好掩护，而且，不管什么来路的木头，只要经过检查站，在一张卡片上敲上个蓝色印章，就是合法的木头了。

拉加泽里回到村里，再也不用叫人放话出去了。马上就有人找上来，要拉他去看自己的木头。他看了几处，依据材质定了等级跟价钱。而且，他也跟那些木头老板一样，随身的包里带了一根卷尺与一本材积表。卷尺量了木头的长度和截口的直径，不用摁计算器，一翻那本材积表，上面已经有现成答案了。不用半天时间，他就收了五十多立方的木材。

这就是五车料了。其中两车是铁手的。分手时,铁手紧追着问:“钢牙，告诉我下次你要多少？”

他停下脚步，反问:“你有多少？”

铁手就大笑:“反正都是这个价，下次你也不用四处跑，我来替你办。”

其实，拉加泽里等的也就是这句话:“真的？”

“真的。”

“那就好，修车店的生意也不能天天停着，以后，我给你每个立方加价十块！”

铁手大笑:“你都混到这份上了，还看得上那补轮胎的生意！”

拉加泽里觉得无须回答这愚蠢透顶的话:“丑话说在前头，要是你要什么小动作，那我就再不要你的东西了。”

回家吃饭时，有车的司机们就自己上门来了。先是刀子脸上门来的。他也提出可以代理所有的运输事务，拉加泽里却懒懒地说:“反正有你的活路，都是乡里乡亲的，我们也不该把别人的财路都算计完了。”

更秋兄弟当然也找上门来，照例是老二开口，而且，一开口就有点兴师问罪的味道，当然是问为什么不给他们活干:“你那几车料，我们家一趟就拉了，还找那么多人干什么？”

拉加泽里满脸堆笑：“小生意，帮朋友一点忙，人家不想张扬，我就是跑跑腿罢了。没有大单，怎么敢跟你们开口。”这话说得几兄弟脸上立即就松动了。他们并不特别在乎这样的生意，他们在乎的是有人不把他们放在眼里。拉加泽里话锋一转：“再说，那件案子的风头不是还没过去吗？以后，我真能有什么生意了，还能不请你们帮忙？”

就这样把他们堵回去了。

老三脾气最暴，还要追问一句：“他妈的是哪路神仙，把这么好的差事交给你办？”

拉加泽里竖起手指举到唇边：“既然是神仙，名字还是不说为好。”

几兄弟动手拉他去喝酒，他有些真切也有些夸张地叫道：“哎哟，我的腰！”提起这茬，弄得这几个家伙脸上浮起了惭愧的颜色。他这才扶着腰慢慢站起来，跟他们去了。哥哥跟着跑到院门口，叮嘱不要喝得太多了。

那天，他喝多了。但是，喝多一些又有什么关系呢。要做的事情虽然刚刚开始，但已经非常非常容易了。他从来没有想过自己日思夜想的事情会变得这么容易。就在十来天前，这几兄弟在他面前是多么趾高气扬，现在他们表面上还放不下机村首富的架子，在里面，那骨头已经软下去。他们想知道自己那些木材指标的神秘来路。拉加泽里以酒遮脸一言不发。他们更关心执勤点上那个专案组的动向。但拉加泽里没有告诉他们专案组已经撤离的消息。回到家里的时候，他真的是醉了。他对哥哥说，可以准备盖新房子的事了。他说："备料啊，请匠人啊，是你的事，钱，是我的事。"

哥哥说："也不是一定要盖一座新房子，这房子还可以住。我以前说人家都盖新房子，是想让你也做点事情。你不像我，是有本事有心气的，不能补轮胎补一辈子。"

然后，铁手来了，说几车料都已经备好。他留了铁手在家里吃饭。他还用李老板对他说话那种口吻对铁手说："吃肉，吃饭，但我不请你喝酒。喝酒误事，做这些事情的时候，更不能喝酒。跟我一起等司机们来。"

铁手笑了："但钢牙你已经醉了。"

这一说，全家人都笑了。总是忧心忡忡的哥哥，总要抱怨什么的嫂子，还有一回到家里就想离开的自己，都笑了。连平常影子一样的母亲也不明所以地看看这个，看看那个，张开没牙的嘴，笑了。

这笑声使拉加泽里心里充满了温暖。他说："铁手，我不常在村里，哥哥盖房子时你要帮忙啊。"

天黑不久，刀子脸就和其他司机们前后脚来了。拉加泽里写了一张条子给刀子脸，说："五辆车一起过关。"他又转脸对其他人说："过了关，就各走各的吧。上次，刀子脸一车给我一万，我上下打点，也不容易，大家就照此办理吧。"

于是，五万块钱很轻松地就落进了他的口袋。

这个价钱不是太公道，但想到可以毫无风险通过关口，最终还是有钱可赚，大家也就没有多说什么。

送走这些人，哥哥小心地问："生意就成了？"

"成了。"

"你的木头生意跟更秋兄弟不一样。"

"他们那钱赚得担惊受怕，怕被警察抓住，挣到手的钱又飞了，怕一不小心就玩到监狱里去了。"

这话倒是真的，更秋几兄弟，还有机村的好些人，都曾被警察抓去，但一般在拘留所关上几天就回来了。只有他们家老四，因乱砍滥伐罪，判了两年，也不用坐牢，监外执行。这是老百姓发财必然要付出的代价。而且，并不十分认真的法律让他们付出的代价比预估的要小。倒是采伐和运输木材的过程充满了更大的风险。在这个小小村庄里，有一个人砍树时，被木头撞碎了肩膀，残了；一个司机在半夜里连人带车翻进深深的峡谷，车和人都没有再回到村子里来。拉加泽里去省城回来，特意让刀子脸停车看了看那个地方。在峡谷深处，荒草中还依稀可见卡车蓝色的碎片，而在路边，机村人为亡人竖立的招魂幡已经褪尽了颜色，被风撕扯得丝丝缕缕，再过一段时间，就什么都没有了。刀子脸往峡谷里洒了一瓶酒，拉加泽里点燃两支烟，香火一样插在路边松软的浮土里。

十三

发完那几车木料，拉加泽里就下地干活了。

他提出要跟嫂子下地干活时，哥哥显得非常不安。

哥哥一直跟在他后面，叫他回去好好休息。哥哥说，他的那些事都是很费脑子的，费脑子的人该呆在家里好好休息。但他心情很好，天气也很好，所以一定要干点什么。哥哥劝他不住，就回去了。他已经很多年没有在地里侍弄过庄稼了。杜鹃花正从河谷往山顶次第开放，轻风中柳絮四处飞扬。天上淡淡云彩，地上薄薄阳光。麦苗闪烁青翠光芒。他跟着嫂子在麦地里松土。松过这遍地，再施一次化肥，麦子的成长就更畅快旺盛了。这些年，已经很少有人这么侍弄庄稼了。一亩地多打少打一两百斤粮食，都是无关痛痒的事情了。一斤粮食几毛钱，上山随便弄一棵树，也是几百上千块钱。但拉加泽里下地干活了。锄头松开肥沃的泥土，一股暖烘烘的土香味直扑到脸上，让人心里生出一种特别踏实的感觉。他想起小时候，帮母亲在地里劳动的情景，心里有些温暖，有些感伤。眼下，这种感伤与温暖，都让他感觉特别舒坦。

如果不是电警棍捅伤的腰隐隐作痛，这种感觉会更加美妙。

嫂子不时看他一眼，眼里充溢着满意的微笑。他也回报给嫂子同样的微笑。刚干了不久，嫂子就感到不安了：“你哥哥说了，你干着玩的。干一阵就可以了，回去休息吧。”

拉加泽里直起腰来，看见村口聚了很多人，向这边张望。他环顾四周，连缀成片的青翠麦田中，只有他和嫂子两个人在劳作。那些人闲着什么也不干，只是聚在村口向这里张望。他知道，这些人是在看自己。看一眼已经成为老板的人怎么还会下地侍弄不值钱的庄稼。

嫂子说：“弟弟你回去，那么多人看着，我不习惯。”

“他们不是看你，是看我。”

“可是看你的时候就看到了我。”

他不理会，又弯下腰，挥动锄头松开成行的麦苗之间有些板结的泥土。他跟嫂子不一样，他愿意全村人都看着自己给麦子松土。他愿意他们发出惊诧的感叹，愿意他们感到不解：一个人成了挣大钱的老板还会这么细心地来侍弄庄稼。他知道，村里人会把这当成一个话题，在家里，在井泉边，在砍伐木头休息时，谈上个十天八天。他愿意自己身上有很多村里人看不懂的地方。

但是，劳动是不能被人参观的。手里做着事情，一被人观看，心里想法就多了。刚下到地里，扑面的泥土香，翠绿麦苗的清新感，手握着光滑的锄头木把那种沁凉的手感都慢慢消失了。

嫂子再催他离开时，他就顺坡下驴，扛起锄头回家休息去了。

这一次，他在家里连呆了好几天。那五辆卡车从省城回来了。铁手又替他张罗货源，司机们也等着活干，这些都不需要他特别操心。呆在村里，除了跟更秋兄弟喝酒，他也无事可干。就是再回镇子也不需要他徒步行走了。村里的拖拉机，卡车都争着送他。回到镇子上也无事可干。李老板进城去了。本佳值完班还是忙着复习功课。他继续让店门开着，补充些胶水之类的东西又回村子里去。那天，他遇见了从前的驼子支书。老家伙拄着拐杖，眼睛那么干涩，却又迎光流泪。老支书叫不出他的名字，却用青筋毕露的手拉住了他："你是谁？"

拉加泽里没有回答，只是笑笑，看着他。

“你是哪家的娃娃？”

他还是不说话。

驼子自己回答了：“你就是那个当了老板还肯下地侍弄庄稼的年轻人？”

拉加泽里没有说话。

驼子也不要他搭理，老人只是心中不快，要自说自话：“现在的村干部，呸！当农民的不爱种庄稼，光想砍树挣钱，呸！”

拉加泽里扶着老人，慢慢往前挪动步子，驼子突然问：“年轻人，你入党了吗？”

“我没有。”

老人非常不满地瞪了他一眼：“你写一份申请书，我当介绍人，入了党，你来当村支书！”

“？！……”

“我就为你还能想着侍弄庄稼。”

拉加泽里觉得这是个可怕的话题，他希望记性不好的老人赶快把这个话题给忘掉了。他把老人扶到柳荫里坐下，想找个借口就离开了。可是这借口也不是一下子就可以找到。他招手叫站在远处观望的几个小子过来，但他们都摇着手，嘻皮笑脸地躲开了。驼子生气了，他把含在嘴里嚼着的草根吐在地上："呸！你也跟那些人一样，不想跟我这老朽呆在一起，那你就走吧。"他眨巴着迎风流泪的眼睛，自说自话："这么好的天气，这么好的政策，机村人，不爱种庄稼了！"

这时，一辆卡车开进了村里。这辆车一身的军用迷彩，拖着一门多管的火箭炮。

驼子说："起来，去看看。"

但他挣扎着努力了好几次都没能站起身来。拉加泽里本是伸手扶他，没想到竟然一下子就把他整个身子都提起来了。老人厚重的衣衫下的肉身怕是只有一个孩子的重量。就是这样一个人还在操心机村的庄稼，而那么多身强力壮的人，却是一点也不操心这样的事情了。

他说："驼子叔叔，我还是送你回家休息吧。"

驼子站稳了，舞动一下手中的拐杖："我说去看看。"

他们看到车上的人，给火箭炮脱去帆布罩子，开动机关，并排的炮管便上下左右运动了一番。

驼子说："要搞演习？可你们不是解放军。"

"不！人工降雨！"

"什么？"

"人——工——降——雨！"

驼子笑了，他记起来，十几年前，还是他当支部书记的时候，机村大旱过一次，两个月没见一场透雨。上面就派人来搞这个人工降雨。据说派来的也是一种火箭炮。电话通知说，火箭炮来了，村里马上安排劳动力给将要来到的火箭炮平整一块地方。但是，火箭炮还在路上，安放火箭炮的场地还在平整，乌云就裹挟着沉闷的雷声，从天边向机村的天顶席卷而来。这弄得机村人很遗憾，雨再晚下半天，他们就看到真的火箭炮了。但改革开放这些年，机村却是风调雨顺，驼子拉住别人说："感谢上级关怀，机村难得天旱，今年也是好年景，用不着人工降雨。"

"老乡，不是给你们降雨。"

"咦，那是给谁降？"

车上的人一看就知道，他们的道理是无法给眼前这个老人讲清楚的，再说，给这样一个形貌猥琐，眼角烂红的老人就算讲清楚了也没有什么用处。他们也没有向这些人解释自己行动的必要。他们只需要捕捉到天上含雨的云层，测准了高度，把含有催雨剂的炮弹打到云层中轰然爆开就可以了。地上的蒙昧百姓没必要知道天上的事情。如果要讲，就要挑一个人。这个人是蒙昧人群中的精明者，而且有领袖状。而在这群围观的人群中，拉加泽里有这样的气象。

其中一个跳下车来，走到拉加泽里跟前，掏出烟来，说：

“朋友，有火吗？”

拉加泽里掏出打火机，两人点上烟，在草地上坐下来。

“这一路的杜鹃花开得真是好看。”

“你们好像不是来看花的。”拉加泽里想起日本人的旅行团，偶尔会在这样的季节出现，导游手里舞动着一面小三角旗，上面写着某某雪山花之旅的字样。

“我们来人工降雨。”

拉加泽里指指不远处麦地里茁壮生长的青翠麦苗，而且，昨天晚上还下过一阵小雨，土地潮湿润黑，空气中漾动着雨水淡薄清芬的味道。

“不是给这里降雨，给下游降雨。”

“下游？”

那人告诉他，因为大量砍伐森林，上游这些河流水量年年减少，现在正是平原上庄稼需要大量灌溉的时候，水量不够，除了在当地采取措施抗旱，还需要到上游来人工降雨，增加河流的水量。说到这里，那人有些忧心忡忡，说：“朋友，你们不该再砍伐这些森林了。”

这话对拉加泽里有些触动，同时又让他不太高兴。他想说：“我们才砍了多少？真正让这些森林消失的不是我们。”但说这些话有什么用处呢？大片的森林早就消失了，湿润的空气变得干燥，过去淹没在水底的滚滚砾石，曾经长满细密的水苔，石头之间的空隙与通道，是许多回游鱼群的乐园。现在，这些砾石都从河底显现出来，暴露在强烈的高原阳光下，闪烁着灼目的金属光泽。拉加泽里笑了，他的笑容里有些悲伤，也有些挑衅的味道，他说："我刚去过你来的地方，要是那里的土地需要这里的水，那你们那些地方就不应该收购这么多木头。"

降雨人伸手挠头。

倒是拉加泽里，心里突然升起无名的怒火，他站起身来，脸上浮现出凶狠的表情："你们不能又要木头，又要水，还要因为没有水怪罪我们砍了木头！"

降雨人伸手来拉他："嗨，朋友，你怎么生气了？"

拉加泽里很认真："我凭什么不能生气？"

"天哪，砍树也好，降水也好，这些事情都不是你我能决定的，生气有什么用啊！来，再抽支烟吧。"

拉加泽里想想也是，解嘲般笑笑，又坐了下来。

一支烟没有抽完，天顶上的云团便慢慢降低，颜色也渐渐加深了。几个身穿迷彩服的降雨人立即登上炮位。调整方向，确定标尺，然后，开炮。火箭弹拖着长长的尾巴钻进云层，沉闷地爆开，不到一支烟的功夫，雨水就噼噼啪啪地砸了下来。这里下着雨，不远的地方，却是大片明亮耀眼的阳光墙一样壁立在雨幕的后面，使所有雨脚都在闪闪发光。很快，带雨的云团挂着晶莹透亮的雨脚飘走了。天空中一泻而下的是更加透亮的阳光。麦苗上挂满了晶莹的露水。降雨人开着拖车追逐着云团离开了。这么一点雨水下来，片刻之间就被大地吸收得干干净净，并没有汇集起来，汇集到低处，使河水上涨。黄昏时分,从机村还可以看见,在十几公里之外，降雨人还在向晴朗天空中小团的乌云发射催雨的火箭。

拉加泽里从不多话的母亲有些激动，终于不能自制，开口道:“儿子,你不能跟那些降雨人说话,雷要打死这样的人。”

“妈妈，雷不会打死他们。他们懂得科学。他们用避雷针把雷电的愤怒引入土里。”

老太婆不但激动，还有些愤怒：“避雷针也是太聪明的东西吗？人太聪明神会发怒的。”在机村，有些顽固的老人，把一些新发明归类为“太聪明”的东西。电话太聪明。发电机太聪明。收音和录音机太聪明。降雨的火箭当然也太聪明了。他们不真正讨厌这些东西，但害怕“太聪明”的东西多了神灵会被忘记，害怕人太聪明，神灵就会生气，因而降下灾难。拉加泽里告诉母亲说，在很远的地方，神灵老不给那里的农民下雨，他们无法种下果腹的庄稼，我们这里下了雨，多一些河水流下去，那里的人就可以浇灌他们的庄稼了。

老太婆因为自己一下对长大的儿子说了这么多话而感到不安了，她的声音低下去："真是这样吗？"

拉加泽里说："妈妈，正是神灵看顾不到，人只好聪明起来，不然就活不下去了。"

哥哥和嫂子都来劝阻他："那么大声讲这些道理，妈妈不会明白的。"

母亲却小声抗议："我明白。"

"妈妈，我们自己也应该聪明起来。"

母亲笑了："从小就有人夸你是个聪明的的孩子。"

第二天，拉加泽里坐降雨车回到镇上。拉加泽里说："雨是催下来一点，可是河水并没有上涨。"

降雨人承认效果并不理想。因为森林砍得太多，不但地面无法涵养水分，空气的潮湿度也太低了。拉加泽里说："妈的，你们不能两样的东西都要，必得在水跟木头之间选一样。"

路上，他们还停下车来，对着天空中小团的乌云发射火箭，催下来的那么一点雨水，迅速渗入地下，而河床上，水流枯瘦的身子仍然未见丰满。

拉加泽里离开镇子不到一周时间，这些降雨人已经在镇上扎下根来。检查站在镇子东头，他们在镇子西头搭起了一长溜活动房屋。门口还钉上了一块牌子：双江口水文站。降雨人告诉他，他们拉着火箭炮到处跑，只是临时措施，解决根本问题，要在河上建水库，调节水流。拉加泽里参观了水文站，其实也很简单。在双江口两条河流交汇处竖立固定的标尺，一天三次记录读数。他们还在两江之上架起了一道钢索，靠一个手动也可电动的绞盘，把测量仪降在河心的水中，获取水流量与流速的数据。活动房子中一台发报机把录得的数据发送出去，同时，也存在水文站自己的计算机里。宽大的桌子上，计算机蓝色的屏幕在大叠大叠表格之间闪烁着幽幽的光芒。伸手动动键盘上任何一个键子，屏幕上的蓝色隐去，现出来的依然是一些填满数据的表格。

那天，他跟降雨人一起吃饭。

降雨人告诉他自己的名字。但他笑笑说："我喜欢就叫你降雨人。"

"为什么？"

"喜欢。"

"为什么叫降雨人？"

"我不知道，以前，这里没有降雨人，只有驱雹师。他们是喇嘛或巫师。他们对着聚集的乌云念动咒语，用手中的法器指出方向，让冰雹降到没有庄稼的地方。"

降雨人想想，笑了："你是说我们也跟驱雹师差不多。"

拉加泽里也笑了："我母亲担心雷电会劈到你们。"

降雨人仍然每天开着他们涂着迷彩的卡车，牵引着火箭炮四处寻找含着雨水的乌云，但从淡薄云朵中轰下来那么一点雨水并未使河水有所增加。这个季节，群山里沉睡了一个冬天的树木都苏醒过来，每一棵树都在拼命伸展地下的根须，都在拼命吸吮，通过树身内部的每一根脉管，把水分送到高处，送到每一根重新舒展的柔软枝头，供给每一片萌发的绿叶，供给每一颗绽放的花蕾。溪谷里的水因此显得枯瘦清浅。

不到半个月时间，李老板给拉加泽里的单子就用完了。但他还没有从城里回来。茶馆服务员也不知道老板一点消息。拉加泽里算算，竟然赚到手十好几万。他送了打点检查站的钱去。本佳不收："你是要长做这个生意了，你不能每次都这么干。"

他请本佳指点。

本佳不说自己，他说："人家刘副站长都代理站长了，是真心帮你忙，也不是为了这么收你的钱。"本佳话说得很在理。检查站的人都是拿国家工资的国家干部。工资不高，但每个月都有。不能这么拿别人的钱。本佳说："你要有心感谢刘站长，就到银行用他的名字开个户头，折子放在你手头，他有什么事情了，盖房子嫁女之类，就把这个给他，朋友之间嘛，互相帮忙。”拉加泽里立即就领会了，他押货去了一趟省城。刀子脸去卖木头，他找一家银行给本佳与刘站长各开了一本存折。他还买了两张地图，把那家银行所在的地方在地图上勾画出来。

看到存折本佳没有什么表示，看到那张标注了存款银行的地图，本佳哈哈大笑。

刘副站长却感动了，把那地图在手里抖得哗哗作响，连说：“很天真，也很用心，能这么用心不容易，不容易。你刘叔叔没什么大本事，只要把着这关口栏杆的升降，就有你吃饭的地方。”

回头，拉加泽里对本佳说：“刘站长说是我叔叔。”

本佳拍拍他的肩膀：“汉人想当你的叔叔伯伯，是疼爱你的意思。”

“他没有自己的侄子吗？”

“妈的，你不是叫钢牙吗？钢牙的嘴能这么碎吗？”

“钢牙？”

“这不是你的新名字吗？”

“你怎么知道？”

本佳拍拍椅子，叫他坐下，脸色变得严肃了，说：“你真以为你们机村就是铁板一块，干了什么事情外面什么都不会知道？说老实话，现在这些事情，没他妈一件合理合法，只不过大家都这么干，法不责众……总而言之，你要名副其实，就得做个真正的钢牙。”

这一切，都给拉加泽里加入了某种秘密社会的特别感觉。从检查站出来，他穿过镇子，经过修车店门口，他居然没有停留，第一次没有自己就是这小店主人的感觉。从这个小店门口走过的人，在十几天时间里，就变成一个腰间缠着十几万元的木头老板了。他径直从店门口走过去，在饭馆里要了菜，要了酒，又叫服务员去水文站叫降雨人来。

跟降雨人聊天，是很轻松的事情。

喝了半瓶白酒，他问降雨人：“你喜欢这个镇子吗？你喜欢我们这地方吗？”

降雨人说：“老实话还是漂亮话？”

“老实话。”

“我喜欢这里的山，水，河，这么漂亮的杜鹃花，都喜欢。但我不喜欢这个镇子。”

“当然没有省城热闹了。”

“不是这个意思，怎么说呢？这个镇子有种……怎么说呢？这么说吧，好像这个镇子总有些什么事情是藏着掖着的，这些藏着掖着的事情，大多数人都心照不宣，连这些端盘子上酒的服务员都略知一二，但我们这样的人永远被隔着，永远都不会知道。”

“难怪你是跟驱雹巫师差不多的降雨人，一下子就把这味道闻出来了。”拉加泽里在这个镇上两年多，对这种气氛当然是再熟悉不过了。

“还是你说得好，闻出这种味道，对，这个镇子就是这样的味道。”降雨人俯身过来，“这个破镇子上到底有什么巨大的秘密。”

酒喝得人头大起来，身子与意绪都有些漂浮，但他很满意地听见自己口齿十分清楚地说：“我是钢牙。”

这时，老王慢慢踱进了酒店，带着他故作阴沉的警察表情，说：“喝酒呢。”

“你也来上一杯。”

老王有些喘不上气来，说：“这花香弄得我更喘不上气来，不敢喝了。”老王眼里跟脸上的警察表情消失了，又是那个时时被哮喘与肺气肿折磨的老头子了。

即便如此，拉加泽里内心并不可怜他，而是带点挑衅意味地说：“他闻出了这镇子的味道。”

老王的眼光又变得警惕了：“什么味道？”

降雨人不想说，但老王又逼问了一句，降雨人这才开口：“老是搞秘密勾当的味道。”

老王问拉加泽里：“小子，你知道吗？”

“我不知道。”

老王坐下，端起降雨人面前的酒杯，一口干了，一字一顿地说：“朋友，有些从上面下来的人总爱说三道四，也许十天半月就会离开，也许呆上一年两年，这个我不管，我只想劝你不知道的事情不要胡说八道。”

十四

李老板在镇上消失已经十多天了。

他是这个镇子最老资格的居民，有检查站那一天，就有了他的茶馆。之后才是旅店饭馆加油站。他一走十多天没有一点消息，于是，谣言四起。大家没事可干，就议论他的事情。他留在店里的话是去一趟城里。大家首先就猜他去的是县城，州府，还是省城——至少没有人猜他是去了首都北京。大家的种种猜测还跟他神秘的经历有关。据说这个人读了很多书，因此把自己读成了右派，劳改了二十多年。有人说，他出生在大城市很有钱很有钱的人家。有人说，他在城里有漂亮老婆。坐牢前有一个，坐牢后，又有一个。也有人说，他就是孤身一人。劳改那么多年，几番死去活来，男人的武功全废。就这么有一天是一天地活着，挣钱，挣很多钱，都不知花在什么地方。木头老板们在他茶馆里赌钱，再大的赌注，他都抱着碧绿的茶叶浮浮沉沉的大杯子，一脸落寞地坐在窗前。喝酒，也是很少一点。有时，镇上各色人等唱卡拉 OK，旅馆里的女服务员涂了口红，换了衣服过来陪酒调笑，他也安然坐在哪里，面色平静，偶尔唱上一曲，还是用外国语演唱。唱《红河谷》用英语，唱《莫斯科郊外的晚上》用俄语。但从不喜形于色，从不让那些嘴唇猩红的小姐坐在自己的腿上，更不去抚摸她们饱满的屁股与乳房。

李老板不在，激起的只是别人的丰富想象。对拉加泽里而言，李老板是他的财神。他不能像神灵一样刚刚显现真容就从眼前幻化掉了。

拉加泽里坐在店里，却心神不宁。每有车在镇上停下，他都以为是李老板回来了。可从车上下来的都不是他盼望的熟悉身影。晚上他都睡在床上了，竖起的耳朵又听到了有汽车停下。他披衣起来，站在门口，那辆停下的汽车重新发动，从他面前轰轰驶过。镇子被强烈的光柱照亮，随即，又沉入了比被照亮前更深的黑暗。

只有检查站上，一扇扇窗户上都相继亮起了灯光。

没人想到，被撞伤的检查站长罗尔依回来了！他是搭昨天半夜那辆卡车回来的。天亮不久，他已经脑袋上缠着绷带，胳膊下架着拐杖在镇上走了两三个来回。大家都很吃惊。刚受伤时，都说他可能活不过来了。后来，又说他变成了植物人。一周以前，有人去医院看他回来，还说他依然昏睡在床上。但这个早上，他突然精精神神地出现在了大家面前。

大家都热情地向他招呼，他也热情地向人问候。

他能认出一些人，也有些熟悉的人他好像不认识了。他跟降雨人热情握手，说："老朋友，老朋友，我差点就见不到你们了。"

到了拉加泽里跟前，他也伸出手，说："好啊，年轻人，好，好，好，你叫什么名字。"

"修车店的拉加泽里！"

"修车店？哦，对对，这里很多车，总有些需要修理一下。"

中午，一辆救护车突然出现在镇上，大家才知道，罗尔依站长是自己从医院里跑出来的。医生说他一醒过来，就开始念叨检查站上的事情，所以，在县城里找了两圈找不到，就径直追到这里来了。但他无论如何也不肯再回医院。于是，林业局的小汽车载着局里的领导来了，劝说一阵，却只是增加了他的固执。医生认为，对这种奇迹般苏醒过来的病人来说，在这种他喜爱的环境中也许更有利于他的进一步康复。

听检查站的人说，局里领导和医生一走，罗尔依就张罗着开会。大家也就坐到会议室，装出他还是站长的样子。但他刚要讲话突然就大汗淋漓，副站长叫人扶他回房间躺下。然后，检查站才真正开了一个会。局领导已经明确，由刘副站长主持工作。他就睡了两个多小时吧，又精神焕发地出现在大家面前。

但会已经开完了。

警察老王出现了，坐在他面前，要他回忆一下被闯关的卡车撞伤的过程。但他什么都记不起来了。他紧抓住老王的手："你们一定要把那些违法犯罪分子抓出来，我是工伤！"

"你仔细想想，卡车从机村那边过来，你肯定看见了是谁的卡车。机村那些人你都认识嘛，想想是谁开的卡车？"

"机村，我知道啊！"

"对，你肯定看到了是谁开着车来撞你的。"

罗尔依手捧脑袋，脸上浮现出痛苦的表情："我头痛，你不要说了。"当他抬起头来时，已经换上了一脸坦诚的笑容："过去我对自己要求不严，以后要好好工作，严格执法！老王，对，你就是老王，我要请你监督我的工作。"

老王走出房间时，对所有人摇头叹息："这个人神经了。"

"人家要求你严格执法有什么错？"

老王突然一下愤怒了：“老子讨厌平常说话也跟开会一样！”直到走出检查站，老王心头这突如其来的怒气还没有平复，把罗尔依的话学说给别人听，结果却受到了奚落。

“那有什么不好，检查站的人一严格，你就该好好养养身体，不用再去破那些破不了的案子了！”

老王当时就气得喘不上气来，那也只怪他找错了说话的对象。这人是石油公司加油站的国家职工，不是旅馆老板，怕他查没有结婚证的男女在一间房里睡觉，更不是跟木头生意相关的人，总有些什么不清不楚的事情，怕他为难自己。老王气得喘不上来了，还说：“你……你……”

“我怎么了？我又没有半夜把人关起来朝死里打。”

老王捂着胸口跌跌撞撞回到执勤点，躺在床上好半天，才慢慢顺过气来。老王这个人是时常要为什么事情生气的。过去，罗尔依站长也常常生气。那是因为觉得人家没有把他当站长来尊敬。但出院回来就变成个乐呵呵的人了。医生说那一撞，把他脑子里好多过去的记忆都撞掉了。结果是没有撞掉的那部分会变得分外清晰。奇怪的是，他失掉的只是那些想起来糟心的东西，倒把验关员职责条例啊，有关森林保护法规的相关条文啊，记得清清楚楚。

轮到他值班时，虽然还拄着拐杖，但他尽量把衣服穿得齐楚，把皮鞋擦亮，每过一辆车，他都仔细核对单据，仔细丈量过关的木材是否与报单相符。而且，毫不留情卸下超量的部分，予以没收。受了损失的木头老板或是求情，或是暴跳如雷，他还是一脸和气的笑容，拿出封面印着国徽的小本子，仔细讲解相关的法规条文，完了，他会说："念你是初犯，教育为主，下次再有类似行为，处理起来就不是这么简单了。"

常要过关的卡车司机们开玩笑说："最好把检查站每个人都撞成这样，这个地方就要清静很多了。"

话当然也传到了检查站那些验关员的耳朵里。

没想到靠他们松松手才混出点名堂的这些家伙不但不对他们心存感激，反而暗怀着这么恶毒的想法，结果，大多数满载木材的卡车都在关口受到严格的检查，现实情况是的确没有一辆车能够经得起这样的检查。让人想不到的是，又一个好运气因此降临到了拉加泽里头上。

这天，刘站长差本佳来叫他。他立即就去了。

刘站长神情有些严厉："你听没听说过那句话？"

拉加泽里当然立即就明白那是什么话了。他的心脏一阵狂跳，心想，他们肯定在追查那句话的来源，而他自己也跟着人们半开玩笑地传说过这些话。他在心里暗骂自己多嘴多舌，枉让人家给自己起了名字叫做钢牙。好在他也有这样的本事，内心慌张，做出来的表情却是一派茫然。

好在，刘站长并不要他回答，他说：“哪一辆车没有超出的部分？都给老子卸下来！”

就两三天时间，检查站关口两边，卸下来的木头已经堆积起来有好几十立方了。

刘站长说：“天天卸木头，我的人受不了了。这活包给你，你找几个人来干！”

拉加泽里回到机村找人，机村没人肯干。他又带口信去了另一个村子，这个村子深藏在不通公路的山窝里，一年到头就只能侍弄庄稼，对能靠弄木头发财的机村人羡慕不已，有人来招呼去干这样的活计，一下就来了十多个人。拉加泽里只留下一半。这一半人把活干得热火朝天。一辆车来了，停在关前，验关员严格核表、丈量、用粉笔在要卸载的木头上随手画个圆圈，这些家伙就拿着撬棍一拥而上。几天下来，检查站前的空地都堆放不下了。检查站又付钱让他们把木头一根根抬到镇外空地上码放整齐。

检查站上，罗尔依神气和蔼地向刚被没收了木材的人宣传森林保护的有关法规，惹得人家气恼不已地对着他大喊：“你这个假正经！神经病！”

罗尔依摸摸头上的绷带，神情非常无辜而天真：“我不是神经病，医生说我是失忆症，说我记不得以前的事了。喂，伙计，以前我们认识吗？”

人家想说，那时只要你高兴，往你手里塞几百块钱，你一抬手，我就过去了。要是塞钱也过不去，那是遇到你特别不高兴的时候了。但是，说这些有什么用处呢？

但他还要追着人家问：“真的，我失忆了，以前我们认识吗？”

人家只好苦笑着无奈地摇头。

刘站长摇头，说：“他把大家都弄疯了。”不等拉加泽里回答，他又说话了，“没收的木头越来越多，应该处理一下了。”

“怎么处理？”

“怎么处理，砍下来的树难道还能栽回去？卖掉。你先发几车走，这是手续。”

“干脆全部发走！”

“全部？小子，不要太贪心，先发几车，剩下的怎么处理，还要请示，看局领导是什么意见。”

拉加泽里也知道，剩下的木材怎么处理，刘站长还要看看自己处理这些木头的手法。他连夜包车装载，揣着合法手续，亲自押车去了省城。当然，最后出手的活他都让给刀子脸来干。他自己在低海拔地方的暑热中昏昏沉沉地躺在旅馆床上。刀子脸回来时欢天喜地。因为双江镇检查站风声紧，这里木材的价格立马应声上涨了，而且涨了好大一截。这一次，刀子把一包钱全部交到他手上，说："你小子行，以后我就跟你干，钱全部在这里，你高兴给多少就是多少！"

"你也知道了老子的厉害。"

"心服口服。"

"那好，你自己拿你该得的，剩下就是我的。"

连夜回到双江镇，他也把一大包钱放在本佳跟刘站长面前，说："请老大发话。如何处置。"

刘站长让他先拿三万多交到检查站兼职财务手上。这个兼任职财务就是本佳。本佳开了处理次品多少立方的发票，叫他收好。就这样，还剩下了五万多块。"干什么呢？没有想好，你先收起来，大家都动动脑子。"

十五

太阳刚出来，机村组织起来去参加县里商贸洽谈会开幕式的车队就驶到检查站关口前了。

身体迅速康复，失忆症依然如故的罗尔依把这当成一件大事，他已经扔掉了拐杖，脑袋上的绷带也解除了。他还换了白衬衣，打了红色领带，戴上大檐帽，来到关前。车队一出现，他就按动开关，升起了栏杆，然后，从屋子里碎步跑出来，立正站好，手中一红一绿两面小旗舞动得唰唰作响，手臂伸得笔直，把绿旗指向了公路通往县城的方向。

车上的司机们暗笑他是个傻瓜，而他自己不止是眼睛，连脸上的皮肤都在焕发着光彩。罗尔依说："看，你们去完成这么光荣的任务，检查站一点也不会为难你们，而且，还为你们大开绿灯！"

就是眼下车队中的一辆车把他撞成这个样子的，但他已经没有这个记忆了，只是，开车的不是撞他的那个人，更秋兄弟再胆大妄为也没到如此的程度。

这辆车到了罗尔依跟前，他却满脸笑容，喊道："排好队，注意安全！"

机村所有的卡车都打理干净了，破旧一点的，还新喷了漆，喷了漆不够，还喷上了许多富于宗教色彩的图案：带飘带的海螺、金刚橛、宝伞……飘逸的云纹。先富起来的机村集中起来二十多辆卡车，由一个副乡长带领，排好队列往县城出发。时间是掐算好的，几百辆运输个体户的卡车从远近不一的村庄出发，他们将在同一个时间到达县城，车帮子上贴满标语，车顶上插满了彩旗。那时，县城广场上领导与来宾已经讲过话了，也对天空放过鸽子与气球了，"少数民族群众"也敬献过歌舞，该是展示农村改革开放后欣欣向荣景象的时候了，于是，这些卡车排成一行，跟在载歌载舞的游行人群后面，轰轰然驶过广场上的主席台前。完了，在指定的地方停好车，大家都被招呼到一个巨大的宴会厅里吃饭。

席间，还有领导举着酒杯对这群汽车司机讲话。

更秋家六兄弟，就有五个享用了这盛大的酒席。县领导讲过话，乡政企业局长、副局长还下来一桌桌敬酒。敬到机村这两桌，局长说："不错啊，机村，今天的卡车，机村占了百分之十还多。听说，还有一家人，六兄弟人人都发财致富，人人都有一台卡车？"

领队的副乡长就把几兄弟介绍给局长。

局长举着酒杯说："乡亲们，干得好！现在国家政策好，支持老百姓发财致富，这个机遇可是要好好抓住啊！"

局长说这些话的时候，县里电视台的记者就跟在身后，拉加泽里也跟了车队来县城看热闹，听到局长这话，一时间心绪复杂，并不像别的机村人那样欢呼踊跃。局长跟更秋几兄弟亲切交谈，电视台都拍了下来。就在电视台的摄影机跟前，局长把外来的老板领到了机村人的桌子上。老板给认字不多的机村人散发名片，坐下来，讲不该直接出售原材料，要深加工，要争取更多的附加值，等等。大多数机村人听得一头雾水，都把眼光转向拉加泽里。拉加泽里笑笑："这位老板的意思是不要直接卖原木，而要把原木加工了，再卖，这样就能赚到更多的钱。"

老板也笑了："难怪局长要把我介绍给你们这个机村，不光致富的人多，而且，还这么聪明！"

吃完这餐饭，有几辆车留下来去茶楼打牌，剩下的都打道回府了。路上，还有人议论了那个老板几句，之后就把这件事抛在脑后了。更秋兄弟都留在县城，人在打牌，心思却在县城才能看到的县电视台的节目上面。包房里电视机一直开着。电视里播了会上领导的讲话，他们从电视里看到自己的卡车从主席台前一一开过。甚至看到驾驶室里自己模糊的身影。也看到了采访别的专业户、别的来投资的老板，偏偏没有看到局长跟他们亲切交谈的场面。这使他们大失所望。

后来才知道，那采访当天中午就播出了，但电视台马上就接到林业局的质疑电话。第一、机村的致富方式有问题；第二，节目报道的那几个人至少是有犯罪嫌疑。电视台答复，这是乡镇企业局的推荐。林业局答复更加简洁，政府不同部门各管各的，那个局要成绩，但他们不掌握林业局掌握的这些情况。结果，那条新闻在晚间节目就被拿掉了。

更秋兄弟也不是没有收获，回来时，他们带着那个要搞木材深加工的老板，他们打算跟这个老板共同投资在双江口镇上建一个锯木厂。因为那条新闻的缘故，乡镇企业局与林业局较上了劲，偏偏要在更秋几兄弟身上下功夫，做扶助农民投身乡镇企业的工作。

在机村附近山野里转了一圈，老板说，那些扔得漫山遍野的不合规格的残次木材都是宝贵的加工原料，但来到镇上，他还是对检查站没收来的那些成品木材表示出更大的兴趣。

老板去检查站拜访，刘站长知道那些关节，避而不见。关了门听拉加泽里讲县城的见闻。罗尔依对来客热情万分，却又听不出老板很多弦外之音的话，讲了一大篇不着四六的领导们在会上讲的那些话，弄得那老板好不扫兴，找个借口溜了，就再没有回来。

这一来，双江镇上很快就有了两个木材加工厂。一个，是乡镇企业局支持外地老板和更秋几兄弟合股开办的；另一个，林业局出面，林业局下面的一个什么公司出了本钱，他们也可以扶持农民搞乡镇企业，也要找个农民身份的人来挂个副厂长。刘站长问拉加泽里愿不愿意。他不去参加，理由很简单，他闭上眼想想，要是李老板在，去问他参不参加，李老板会缓缓摇头。再者说了，他自己对此也有疑问，这就是工厂吗？至少，这不是他想象的工厂。或者说，这个工厂并不符合他关于工厂的想象。厂房不像，几根柱子撑起一个铁皮的屋顶四面透风。机器就是几台平锯，稍微复杂的就是几个大小不一的齿轮，和连接着这些轮子的皮带。动力来自水。就像建一个磨坊一样，把高处的一股水引入新挖的渠中，闸门一开，水流哗啦一声，推动了第一个轮子，皮带把动能传导给下一个轮子，经过两三次转换，轮子带动锯子水平运动，由工人推动一个带轮子的平台，把上面的木头喂到锯口下，根据事先画好的墨线，把原木加工成不同厚度与宽度的木板。就是这么简单？就这么简单。很多场面上说得很玄奥的事情其实就是这么简单。

因为简单，所以，除了大门上的牌子写着木材加工厂的字样，所有人都把这叫做锯木厂。一个锯木厂的投资也就十几万。

因为简单，不到一个月，两个锯木厂都先后开工了。

林业局做后盾的厂，来料充足。相邻的那个，吃了上顿没有下顿，自然生意清淡。更秋兄弟他们的厂，那个投资的老板只挂董事长的头衔，董事长不出钱，出销售渠道，更秋几兄弟出了全部资金。老二是名副其实的总经理，却没有什么事情可干，就到检查站去，在失忆的罗尔依跟前走来走去，看看他见到自己是否会想起点什么。那事情不是他亲自干的，但几兄弟相似的身姿与相貌，可能会让他想起什么。正精神抖擞工作的罗尔依会突然停下来，就像羊看见鹰投射到地下放大的身影一样，眼里突然一下闪现出恐惧的神情，但这种神情转瞬之间就消失了，代之以一种迷惘的、沉思的眼神。

当他这种眼神出现的时候，老二都吓得要命，他看不见自己的眼睛，但知道，里面的恐惧神情一定比罗尔依眼里闪现出的更强烈，更持久。

他对拉加泽里说："妈的，你看他那样子，好像马上就要醒过来了。"

拉加泽里嘴上说："他醒不过来了。"心里的声音却是："妈的，他为什么就醒不过来呢？"

老二这时显现出真正的惊恐："或许他早就醒过来了，只是装作还没有醒来。"

拉加泽里已经问过："那他为什么要装？"

"录像片里怎么说的，放长线钓大鱼，把机村的事情全挖出来。"

拉加泽里想过，要真是这样的话，大网收起来，自己应该也会挂在网眼之中的。哪怕只有万分之一的可能，那也是一种不祥的预感，涌现心头时，会有一种难以承受的沉重感。他说："你要不想自己吓自己，就去录像站看录像吧，我忙，不陪你了。"

他的确忙，这段时间，木材检查一天天松动了，除了特别不走运的，都能顺利过关。拉加泽里和检查站的关系，在机村已经人尽皆知了。有车出了问题，卡在检查站了，乡里乡亲的，他们会找拉加泽里去站上求情，拉加泽里也就会跑上一趟，话有时管用，有时也不管用。有一个验关员甚至说："你尽管来说，每三次我答应你一次。"

老王一天几次，在老二开工不足的锯木厂转来转去，毫不掩饰地对老二说：“农民企业家，屁股上那么多屎都没有擦干净，还农民企业家。”

这也让更秋兄弟忧心忡忡。

有什么事情，他们愿意来找钢牙。明里不说，其实是要他帮忙的意思。

拉加泽里却说：“钢牙是什么意思？就是知道了什么不该说的事情，死也不说出去，就这么大个本事，其他，就帮不上你们什么忙了。”

他们想请拉加泽里把检查站的朋友请来，吃饭、喝酒、打牌、叫小姐唱歌，“如果他们嫌这儿的小姐土，烦，我们也学那些大老板，直接去省城高价请几个新鲜漂亮的。”

拉加泽里说：“我哪有这样的面子，他们只是看我开个补胎店，穷，发了善心，给我随便找点活干。”

“找点活干？那是承包工程！”

拉加泽里也笑了，那算什么工程呢，修几百米一段路，这算个工程。锯木厂盖好后，可以往外发运加工过的木材了，这时，才突然发现，两个锯木厂都在检查站关口的外面。这样，重新装车发运的木材就失去监控了。检查站打了报告，上面就拨下一笔专款，把两个锯木厂圈起来，留一个出口，再修一条便道，贴着山脚，又重新绕到检查站关口里面。路的工程量是本佳算的，上报了二十万的工程款，打点折扣也批下来了整整十八万。这工程非常简单。砍掉一些树，把山根的斜坡削下一点，填到外面的小沼泽中，再在松软的森林黑土中垫些碎石，卡车来往碾压几趟，这段路就成了，用不了那么些钱。十八万的工程款，拉加泽里只收了十三万，也差不多赚了对半。那五万不是给某个人，而是给检查站，检查站拿来发了一回奖金。大家一高兴，拉加泽里才提出能不能把修路时砍的树批给他。检查站派人专门回了一次局里，结果批下来的数量是修路所砍数目的两倍。拉加泽里又发了一笔。李老板留下的指标更让他大发了一笔。也就是两三个月时间，这个一年苦挣六七千块的补胎店小老板手里一下就有了好几十万元，快一百万了。

这让他想起一个词：百万富翁。想起这个词，他的脑袋就有点像喝多了酒一样嗡嗡作响。

刚做这工程时，更秋兄弟又请他喝了一次酒，酒过三巡，老三把两万块钱拍在桌子上，拉加泽里懂这意思，这是要入伙的意思，但他假装不懂。他心里还是怕这几兄弟，但想起他们发财时并没有关照过自己和自己那可怜的兄长，他说："要是你们早点给我这两万块钱，早点帮我一把，我就考上大学了。”

更秋兄弟面面相觑，想不到这小子心里还藏着这样的心思。

老三却是最最无情的，狠狠推他一把：“他妈的挣了大钱还假装可怜！你要装，我就明说吧，这是垫付的工程款，你那个工程，我们也算一份！”

他是想答应的，因为这几兄弟的确让人害怕。但他又为自己心里那害怕对自己有些愤怒，因为这愤怒而拒绝了更秋兄弟的要求。几兄弟阴沉着脸从桌子四周起身离去，拉加泽里想，全机村没有一个人会相信，这几兄弟在他一个人面前丢了脸了。

他也知道，他与这几兄弟结下梁子了。

十六

晚上，检查站开了牌局，大家都让拉加泽里上。话说得很直接："我们严格执法，油水到了你的手上，你也滋润滋润大家。"拉加泽里没有赌过钱，但老板怎么跟有权的人打牌的故事却听过很多。他不看人，给桌子每边先放上两千。刘站长去睡了，本佳当班，还要复习功课，也回自己房间去了。拉加泽里自己上了桌子，又输了六千。拍拍还有钱的口袋，笑着说："输完了，下次再跟各位大哥学吧。"

大家就拍他的肩膀，说他人小鬼大，懂社会，会历练出来。

回去时，看见茶馆的灯亮着，消失多日的李老板站在窗前。他那张平静的脸上的神情比往常更加落寞。他想问候几句，但是不等他开口，李老板就举手制止了他："看来你干得不错。"

“我……我跟检查站的人打牌去了。”

“赢还是输？”

“输了。”

李老板只说了简短的一个字：“好。”

他终于还是把自己这多日来的担心说了出来：“我向每一个见到的人打听，都没有你的消息。想去找你，又不知道该去什么地方。”他那急切的语调和神情让李老板有些动容，但他动了容也没多说什么，只是说：“你坐下。”

李老板还是沉默着站在窗前。夜已经很深了。大颗大颗的星星，散发出一簇簇光的芒刺，直射到窗前。静默。拉加泽里好像听到星星的光碰在窗玻璃上叮叮作响。这使他感到非常不安。李老板背对着总想说点什么的拉加泽里。每当拉加泽里想说点什么，他就举起手，做一个制止的手势。后来，还是他自己坐下来，声音低沉地说：“看来，我要离开了。”

“我知道你并不喜欢这个地方。”

“这个世界和我，我们相互讨厌。”

拉加泽里注意到了两人话中“地方”和“世界”的区别。

“本来，我都不打算回来了。”

“你到什么地方去。”

“我不到什么地方去，你肯定在背后听到过别人说我的故事，那你就知道我没有地方可去，我要做的是悄悄地消失。”

“告诉我发生了什么不好的事情。”

“我病了。”李老板抬起垂下的头，盯着他的眼睛说，“绝症。”同时，一丝古怪的笑容掠过了他的脸庞。

面对这么严重的话题，拉加泽里无话可说，他飞快跑回店里把挣来的钱全部放在桌上。他还很年轻，看到那么多捆扎得方方正正的钞票，脸上禁不住显露出满足的笑容。

“你喜欢？”

“我喜欢。”

李老板叹息一声：“比我好，我并不喜欢，我拿钱没有什么用处了。”

“治病啊！上最大的医院，找最有名的医生！”

“那太累人了。人一辈子这么累，我不要最后还把自己累死在医院的床上。”他笑了，“死了，又在冰柜里冻得硬邦邦的，像猪一样。然后，一把火烧掉，这倒不错，变成烟，变成灰，飞在天上。”

一直想说话的拉加泽里还很年轻，面对这些他从未思考过的东西，真是无话可说。

沉默又降临在两个人中间。冷冽的星光铺满了窗前。

还是李老板开口了：“你来。”

然后，他们两人就来到李老板的卧室。

“关上门。”

关门。

“开灯。”

开灯。

李老板把床头边柜子上的台灯挪开，揭去蒙在上面的台布，露出来的不是柜子，而是一只深绿色的保险柜。柜门打开，拉加泽里看到了码放得整整齐齐的钱。还有好多个存折。李老板不说话，但他脸上的神情在说，他连这些钱都花不完，他不想花了。

他“累”了。

李老板从柜子里拿出几张批件，说：“还有好几百方呢。不过，这是最后一批了，都给你吧。”

“我要跟你清清前次的账……”

“不必了。知道这次我进城干什么去了吗？我就是跟人清账去了。”李老板说，“人家可以欠我，但我不能欠了人家。”

拉加泽里的泪水终于夺眶而出：“那我欠你的了，只差一点点，我就是百万富翁了，但我什么也不能还你了。”

李老板又是长长一声叹息，说：“小子，我一个孤老头，还没死就有人哭我，知足了，知足了。”

这下，拉加泽里哭出声来了。

李老板端坐不动，说：“小子，知道我为什么帮你吗？”

“你看我可怜。”

“是我自己可怜。我无儿无女，孤人一个……要是不生这病，我想让你做我的干儿子，你不要说话，哎，事到如今，一个没几天活头的人，再干这样的事情就真是蠢到家了。天不顾我，一生不顺，但我至少不是个蠢人。”

“我已经上山看过，找到上好的落叶松了。”

“干什么？”

“我要给你做一副最好的棺材！”

李老板叹口气：“我是给你提过这事，其实，哪有什么朋友，就是想给自己弄的。那阵子刚查出病，不知怎么就想到睡一口好棺材。真是好笑。不必了。今天的事不要跟别人提起，我不在了也不要人找我。当然，也许会有人来这镇上找我。你把我的东西胡乱埋一个坟，说我就在里面。这件事，你要答应我。”

“我答应。”

“再答应我一件事。”

“我答应。”

“这挣钱的事要早收手，收了手，再去读书。人有点钱就读不进书了，这个你要向本佳学。”

拉加泽里点头时，仿佛身在梦中。身体沉沉下坠，灵魂却飘在天花板下，观看着下面。

“这个店也交给你，本来茶水生意嘛，是从古至今的，只是木头生意不会长远，这个镇子，这个茶馆自然也不会长远。”最后李老板说，“我是没有子孙的人，这木头生意是把子子孙孙的饭都吃完了，必然是天怒人怨！”

拉加泽里说：“我要好好安葬你，用最好的棺材。”

李老板缓缓摇头：“真的不必了……”

“那我把你的二胡埋在里面！”

李老板就取来二胡，在手中摩挲，拉加泽里又说：“唉，我早该知道你得病了。”

“你怎么知道？”

“你拉的曲子呗！”

“你听得懂。”

拉加泽里笑了：“上学时音乐课上听过啊，《二泉映月》、《听松》。还有，就是你常拉的《病中吟》……”

第二天早上醒来时，他发现自己趴在茶馆的桌上。窗前的阳光亮得刺眼。小镇正在苏醒。某个地方，录音机里在播放流行歌曲。有人拖着脚步在马路上行走。有人在大声咳嗽。

窗户在打开，门在打开。他看见李老板躺在里间的床上，他捋起的胳膊上还缠着胶管，一只针管落在地上。拉加泽里以为他已经把自己结果掉了。但他没有。只是注射了些遮掩住他肉体疼痛和内心迷茫的药物，他放松了身体，沉沉地睡去了。他的面容枯瘦而安详。拉加泽里以为自己会伤心地哭泣，但他没有。他走出门去，走到阳光下，心里有了些深沉的感觉。与一个连死都觉得“累”的人做梦一样相处那么一段时光，他就不再是昨天黄昏走过镇上马路的那个拉加泽里了。这种感觉使他挺起了胸膛，这种感觉使他眼里闪烁出傲人的光芒。

十七

他捎了口信回村给铁手，说该看看那个地方了，让他去那个地方等他。

带信人问："哪个地方？"

"你废什么话，他知道是什么地方。"

"什么时间？"

"哦，你这个猪头，他铁手自己知道是什么时间！"

他去饭馆里盯着做了软和清淡的饭食，端到李老板床前，吩咐茶馆的服务员等李老板醒了就热了给他。

这个大胸的服务员挨过来，用丰满的胸脯蹭他："这么孝顺，你就像他儿子一样。"

要是自己真有这么个活得这么大年纪的父亲，那真是自己的福分。问题是这个人再好，也不是他的父亲。

服务员用胸蹭了不够，又伸出涂红了指甲的手来摸他的耳朵，他年轻的身体对这些刺激都有着强烈的反应，但他还是把这热乎乎软绵绵的手坚决推开了。镇上这些服务员大多都做些别的工作，这个他是知道的。检查站那些朋友都说，他这个小公鸡还没有打鸣，什么时候，要找个好小姐让他开叫。但他还对过去的恋人未能忘情。他甚至想，自己的境况也已今非昔比，一个百万富翁配个大学生想必不会有人说不般配。

“你是不是以为我是李老板的人哪！告诉你，我不是。”服务员笑了，并把整个温软的身子靠上来，在他耳朵边吹出温软的气息，“我听有姐妹说，坐牢那么多年不用，他那东西都废掉了。”

说话间，那手就蛇一样游向了他的胯间：“你这里该不是也有问题吧。”

拉加泽里一个耳光重重地落在了她的脸上。他掏了一沓钱来拍在桌上：“我只要你照顾好李老板，回来，我还有重赏。”

见到这么多钱，那姑娘就破涕为笑了。

他准备回村里去了，先在店里布置好过往车辆可能会用的胶水、胶皮、剪刀、钢锉和其他工具。正在把这些东西耐心地一一摆放好时，却听见了外面的喧闹声，出门一看，一群人在新建的水文站前，把催雨的火箭炮车围了起来。原来，是一贯作威作福蛮不讲理的更秋兄弟缠着降雨人一定要开几炮玩玩。降雨人拒绝了。那几兄弟就出手打人了。

几个人一拳拳从降雨人肚子开始一直往上，这时一记重拳正直奔降雨人面门，拉加泽里一步跨过去，他个子比降雨人高，那拳头就重重地落在了肩膀上面。他身子猛然一歪，双手扶住了背后的炮车，才没有摔在地上。另一拳过来时，他侧着身子，那拳就重重地击在车帮上，当即就把老五的脸痛歪了。

老五大叫：“钢牙！让开，不然连你一起打了！”

“你敢！”

老王提着警棍站到了老五面前：“你敢！”同时，还伸手去摸腰间的手铐。拉加泽里一掌推开老王，拉起降雨人，转身就往锯木厂去了。

这几天，更秋兄弟的锯木厂也开工了，跟林业局的厂子一样干得热火朝天。那个他们合股的老板往县里汇报，企业局找了县委，说林业局如此搞法，不利于招商引资环境的形成。县里专门开了协调会。会一完，更秋兄弟的锯木厂就来料充足了。高高的水头冲下来，水车旋转如飞，锯子唰唰地飞快来回，每一下，锋利的锯齿都从木头内部拉出很多的锯末，锯末四散飞溅，木头潮润的香气满溢了狭窄纷乱的空间。

老二是锯木厂总经理，此时正手拿一把米尺，踱来踱去，神气活现。

“县里为你们的厂专门开了会！我听说了！”拉加泽里在隆隆的机器声中在老二耳边喊。

老二用了更大的声音回答：“老魏亲自主持的！”

“什么，听不见！”

老二挥挥手，差一人跑上山坡关掉水闸，让这些轰轰然的声音停下来，正色说道：“老魏亲自主持的，这回你听清楚了！你来就是问我这个？”

“你要管管你的兄弟！”

老二用米尺敲打着降雨人的肩膀：“他们就想打打炮，这家伙一点面子都不给。”

拉加泽里挡开他手里的尺子：“欺负一个外地人算什么本事，人家有规章……”

老二已经变脸了：“规章？那我倒要请你这个有学问的人讲讲什么是规章。”

老大一直在旁边看着，这时才笑着走上来，把他弟弟推到一边：“这位兄弟怎么称呼，对降雨人，降雨人。你真的不用害怕跟我们交朋友，我们拿你的雨水没有用处，雨水换不来钱，你不用像我们这位乡亲，离我们远远的，那是因为钱。我们交你这个朋友，你也不用害怕，我们不要雨水。雨水是什么？到时候，自己就从天上落下来了。放心，没有人再要打你的炮了。”

拉加泽里松了口气，对降雨人说：“老大一说话，几兄弟都不会乱来了。”

“说得对！钢牙是聪明人。聪明人是来告诉我们，为了不挣钱的事情去坏规矩不值得。不过，要是能挣来钱，那就是另说了。”

降雨人惊魂未定，但也知道顺坡下驴，马上邀请大家一起吃饭。

老二哈哈大笑，一行人也就去了饭店。

从酒桌子上下来，拉加泽里上路，脑袋晕晕乎乎的。席间，老二学说着企业局领导转达的县委书记老魏的话：“机村的事情嘛，我知道。更秋兄弟，五个？六个。对六个。这家人娃娃多，都小，吃不饱，看见吃的东西眼睛就像狼一样放光。想挣钱，贪心，我相信，穷怕了嘛。但有些反映把他们说得那么坏，那么无法无天，我不相信。我从基层上来的，我了解这些人。现在的干部，脱离群众，不了解群众的心思了。这是问题啊！”

拉加泽里冷笑："老魏再下基层，再在机村多呆一阵，就知道你几兄弟是什么货色了！"

"也知道你是什么货色！"老大老二一起大笑，"你也去反映试试，看老魏相不相信！"

听了林业局和公安局的汇报，老魏说："这样的问题，即便是真的，那首先也是管理部门有问题，同志们，老百姓要富起来，过程中有问题当然应该管，主要的手段还是教育与疏导嘛！"

老大还揽住了拉加泽里的肩膀："钢牙，我们的锯木厂生意这么红火，你也入一股，我把副总经理的位子让给你，不要你入股的钱，我们也想跟林业局搞好关系！"

拉加泽里无话可挡，只好岔开话题："李老板要我回去上学。"

"上学？！"老二听了哈哈大笑，"老子小学二年级都没上完，不一样发财当老板，你不是不上学了才发的财吗？还要去上学？"

老大不笑，脸上的表情慢慢冷下来："看来，我们是没有缘分了，钢牙。"

话到这个份上，拉加泽里也不肯示弱："我回来差不多三年，真有缘分早就有了。"

出了门，降雨人十分不安，说：“我给你惹下麻烦了。”

拉加泽里咬牙说：“那也是早早晚晚的事。”

降雨人又问：“老魏是谁？”

“我们的县委书记。”

“他怎么不认真调查调查？”

拉加泽里摇摇头，说：“疯了。”

直到回到村里，上了山，在半坡上跟铁手会合了，去挑选漂亮的落叶松时，他还对铁手说：“疯了。”

“什么？”

“疯了。”说这话时，他心里有着强烈的不安。

这个时节，挺拔的落叶松枝条上又长满了新鲜嫩绿的针叶。旁边，从河谷里一路开上来的杜鹃在这高处也开始凋零了。一朵朵开败的花落在地上，使四周的空气带着浓烈的腐败的甘甜。可这些树真是漂亮，鱼鳞状的树皮闪着暗红的光泽，笔直匀称的树干引领着人的目光一直往上，一直往上，直到看见树顶上面的幽深的蓝色天空，看见天空上丝丝缕缕的洁净云朵随风飘荡。

铁手说：“这么漂亮，真舍不得砍它。”

拉加泽里何尝没有同感，但他说：“这话听起来像是我哥哥说的。崔巴噶瓦也会说这种话。”

“他们是会说这样的话。”

“你说这种话，是像我哥哥一样胆小，还是像崔巴噶瓦一样高尚？”

“除了崔巴噶瓦自己，机村没有人能做崔巴噶瓦。”

拉加泽里紧逼一步:“想清楚，砍这树跟砍别的树不一样，这是珍稀植物……”

“凭你的关系，我怕什么！你就说什么时候要吧。”

“马上。”

“我没带家伙！”

“那就明天。我不在这里收货，你把材料送到锯木厂，他们知道加工成什么尺寸。记住不是更秋兄弟那家。”

下山后，他先回家了一趟，家里没有人，哥哥，嫂子和外村请的几个帮工还在外面忙活，为新房子准备石材和木料。拉加泽里喝了母亲端上来的茶，坐一会儿，也没有什么话说，就出了门在村子里四处看看。村子里也没什么人，都到什么地方干自己的事情去了。他就信步往村外走。走到河边，又沿着河边慢慢往上游走。经过被去年夏天洪水冲坍的河岸，经过水电站和檐口长满厚厚苔藓的磨坊，然后，就来到了那座木桥跟前。过了这座桥，抬眼就看见掩映在一片苍翠林子后面的那座安详的房子。那是过去恋人的家。不久以前，他还在那座房子里安睡过一个夜晚，那个夜晚多么安详，崔巴噶瓦给他捣药疗伤。那个早晨多么清新，崔巴噶瓦带他去看那些仍然整齐生长的青杠树。他站在桥栏上，清澈河水中浪花起处一股清凉之气扑面而来。在他和那座房子之间的山坡上，杜鹃已经凋谢。但那些野樱桃却开出了如轻雾一般的白色繁花，而再过些日子，就是香气浓烈的丁香的花期了。一个人影出现了，他走到房子前面的篱墙前，手搭在额头上向这里张望。拉加泽里知道，他就是崔巴噶瓦。

很快，他就推开篱墙中央那柳条编成的栅门，走进了那个安静的院子。

“年轻人，你是坐下呢，还是就这么一直站着？”崔巴噶瓦的口气不如以前那么和善。

“阿姨不在家？”

“她去摘些野菜，腌了，女儿想念家乡味道了。”

“做好了，下次我进城可以捎给她。”

老头没有答话，把手中那些红红绿绿的经幡编结成串。

拉加泽里深吸一口气，把心里的话说出口来：“我想进城时去看看她。”

“不，发了财的年轻人，我的女儿不要糟蹋了家乡森林的人去看她。”崔巴噶瓦坚定地摇头，“孩子，你也一样。你跟她完全是两样的人了。”

拉加泽里心中响起一阵悲切的声音，恍然就是李老板对着晚风拉起的二胡声了。

崔巴噶瓦摇着头深深叹息：“我们老两口一死，我们家在机村就没有人了。可是，你们可是还要在机村祖祖辈辈生活下去了。”

“我有钱了！叔叔，有了钱就可以在城里买房子和户口，不一定再回机村来了！”

“你走了，你哥哥一家呢？你家祖先的魂灵呢？”

关涉到这个话题，拉加泽里心里有了底气：“人死了就死了，没有魂灵！”

老人更大幅度地摇晃脑袋：“可怜的孩子，上了那么多年学，你就学到这么点东西吗？知道吗孩子，你们把那些大树砍光，祖辈们连寄魂都没有地方了。”

拉加泽里知道，老人编结好手头这些东西，就要去找一些大树挂上，挂上了这些五彩经幡，对于逝去的人来说，那就是寄魂之所，对于活着的人来说，那是命息所在的地方。所以，那样的大树就叫做寄命树或寄魂树。听老辈人说，过去，这样的树就矗立在村前，矗立在地头。后来，砍伐森林了，文化革命了，这些树就消失了。顽固守旧的老人们便在深山里寻找到古老的树，把这些印满了祈求灵魂有所皈依的经幡挂在树上。那样的树像一座座绿色的高塔，无风的时候，蓄满了清丽的鸟鸣，风起处，所有的枝叶随之摇晃，鸟群像被一只巨手抛撒出来一样，弹射向空中：是鹧鸪，是斑鸠，是鹦鹉，是特别聒噪的红嘴鸦。

老人又说：“要是你愿意，明天跟我上山，活人我管不了，可那些飘荡的游魂该好好安抚一下了。”

“我去，可……”

“可是去了你也不相信？”

“我不相信。”其实，他并不确切地知道自己相信还是不相信。

轻风吹来，那些结成一串的彩色布条微微翻卷，布条上印着的字母和图案不断浮现，一时间，使他的心思阵阵恍然。他不相信，因为时代已经把诸如此类的东西放逐到了视线之外，要是天天都看见这样的东西，他想自己可能就相信了。他问道：“挂在什么地方？”

老人有些艰难地站起身来，走到篱墙边，往山上张望。顺着他的视线，拉加泽里看到了一条砾石累累的深深沟壑。对于他这个年纪的人来说，那是一个传说。因为那是他出生以前的事情了。是年，机村大火。为了灭火用很多炸药炸开了半山上的湖岸，那道沟壑就是当年决堤的洪水留下的遗迹。据说，当年洪水中死去的村民也睡了汉族式的棺材。后来，那几座坟墓被山洪冲刷，朽腐的棺材从泥土中显现出来，露出了里面白生生的遗骨。机村人请来喇嘛，念了经，一堆大火把朽腐的棺材跟骨殖都烧了个干干净净。在安葬死人的方式上，机村人终于未能移风易俗，又回到原来的方式上去了。

看拉加泽里有些走神，崔巴噶瓦说：“变成个爱想事的人了？”

“那上面真的有过一个湖吗？”

崔巴噶瓦叹口气，说：“有过，就在那些落叶松下面一点。”

拉加泽里稍稍抬起一点眼光，就看到那些落叶松了。现在，太阳正在从西北方落下，下午特别明亮的阳光把那片东南向的山坡上那些树——准确地说，是那些落叶松的绿色照耀得玉翠般水嫩透亮。

“湖的根子还在，那些树才能那么漂亮。”

“湖的根子？”

崔巴噶瓦笑了：“就是藏在地下的泉眼。”

拉加泽里突然明白了，这个固执的老家伙要把这些经幡挂到那些落叶松上。果然如此，崔巴噶瓦有些得意，说：“我晓得，国家也要保护那些树，再把经幡挂上去，就没有人敢动它们了。知道吗？孩子，那时湖边有很多泉眼，后来它们都缩回地下了，看看那些水灵灵的树，我知道，他们就藏在那些树的下面。等到人们不作孽了，山上又长树长草，那些泉眼里又要冒出甜甜的泉水了。也许你真的应该跟我上山看看。”

他知道，自己不能干这件事情了，赶紧回村去找铁手。

十八

拉加泽里刚走到村口，就见嫂子慌慌张张地向他跑来。

这个平时总是慢吞吞的女人这时双手提起长袍的下摆，脏污的脸上满是汗水，气喘吁吁地向他跑来。

他的脑袋开始膨胀，一个声音在里面说："出事了，出事了。"

果然，嫂子跑到他面前，如果不是一手被他扶住，就瘫在他面前了："救救你哥哥，求你救救你哥哥。"

"告诉我怎么了？！"

嫂子从地上爬起来，喉咙里是困兽般的呜咽，拉着他又跌跌撞撞地跑向河边。差不多整个机村的人都聚集到了那个地方。哥哥站在离岸并不太远的河水中间。湍急的河水在他身子四周打出一连串的漩涡。他一脸惊恐与绝望的表情，张大嘴无声地哭泣，手里还提着一把亮闪闪的斧头。看见他就像遇见了救星，大喊：“弟弟，救我！”

更秋家老三却在冷笑：“自己跑到河中间去要自杀，现在又要人救他。”

人们真的在救他，一次次向他抛去绳索，绳索抛到身边，他却任流水冲走，不肯伸出手去。他还在喊：“弟弟救我！”

但就是他亲弟弟抛出的绳索，他也不肯去接。冰凉的河水不断冲激着他，他已经有些站立不稳了。拉加泽里再次把绳子抛到他身边，但他仍然没有伸手，他哭着喊：“弟弟，救我！”

“抓住绳子！我就救到你了！”

老三却带着几个人在旁边起哄：“你弟弟不行，还是让警察来救你吧！”

拉加泽里的脑袋嗡嗡膨胀，就想抓起斧子来跟他拼命，但他忍住了，哥哥还站在凉冷的河水里，他听老三这么一喊，又往河水深处走去。水漫到了他的胸部，他回过头来，又喊一声：“弟弟，我没有出息，给你丢脸了。”

他的身子再也无力抗拒水流巨大的力量，慢慢地歪倒在河水中间了。河上那些起伏的波浪间，浮起来的是他鼓胀起来的背部的衣衫。拉加泽里跳入了河中，相跟着，有好几个人跳下去了。才冲出去几十米，就给捞起来了。拉加泽里抱着水淋淋的哥哥走上了河岸。回到家，换上干衣服，灌了些热茶和蜜酒，他才止住了颤抖，乌紫的嘴唇有了些些的血色。他又哭起来："警察就要来了。"

拉加泽里这才有时间听人们细说原委。

就在他听取崔巴噶瓦教训的时候，他哥哥提着斧头去砍一株桦树，盖房子时总需要一些零碎的木料。他哥哥并没有多少砍树的经验，控制不了树木倒下去的方向。于是，树倒下时砸断了经过机村的长途电话线。不知道从哪里来，也不知道到哪里去的电话线一直伴着公路干线延伸。但双江口镇翻越雪山那段路线太绕了，电话线就从镇上离开了公路，为抄几十公里捷径而穿过了机村。

哥哥喝了些蜜酒过后，竟然晕过去了。可能是惊吓过度而虚脱了。

晚上，他醒了，看看四周，又开始低声哭泣。他抓住弟弟的手："家里的人就托付给你了。妈妈、侄儿、侄女，还有你嫂子，警察一来，我就要走了。"

拉加泽里忍不住笑了。

"你不要笑，我不害怕了，刚刚出事时，我很害怕。我想死，可是，我还是害怕。"

“哥哥你不用害怕。”

“现在我不害怕了，我只是舍不得你们。”

拉加泽里知道，他心里还是害怕。倒下的桦树把电线砸断时，他只是坐在那里发愣，后来，村里人来了，有人开始吓唬这个胆小的可怜虫。更秋家老三说，这一根电线里有很多人说长途电话，电线一断，一个钟头光是赔邮电局的钱就要几十万元。听到这个，他哥哥就开始哭泣了。他爬到电线断头那里，想接上那些电线。但有人喊有电，又把他吓回来了。这时居然还有人进一步威胁他，让他回忆过去某些时候，国家有什么大事要发生时，为了电话的畅通，每一根电线杆下都要派民兵们通宵站岗。老三说，这是国防线路，要是耽误了解放军的消息，那就不是赔线，而是“反革命”，是要掉脑袋的事情了。

这一下，这个懦弱胆小的人就只好跑到河里去了。河水不深，他想一死了之，却又没有勇气倒下身去。他是抵抗不了河水的力量才被迫倒下的。

拉加泽里紧抓着哥哥的手，想起哥哥那不堪忍受的惊恐无助，心里阵阵生痛，不由得掉下泪来。他告诉哥哥，用不着担心，真的用不着担心，这些架在电线杆上的明线已经废弃两三年了。现在，人们打长途电话，是通过前两年埋在地下的光缆了。

“你知道的嘛，前两年不是有施工队来，挖沟，埋进去这么粗的光缆吗？”

哥哥小声说：“我还去工地上打过工呢。”

拉加泽里大声说：“对了，那才是现在用的电话线，你打断的那个，早就不用了。”

“警察不来找我了？”

“人家很忙，顾不上你这个事。”

“真的？”

“真的。”

哥哥长吁了一口气，苍白的脸上慢慢泛起了血色。他说：“弟弟，你怎么什么事情都懂？”

“我上过学嘛。”说到这个，拉加泽里心头又掠过一股针刺般的痛楚，差一点又落下泪来。

看他的样子，哥哥又紧张了：“你这么难过，是在骗我吧。”

本来，提到上过学，又想起哥哥至今还要受人家的欺负，他心里真是五味杂陈，替自己，也替兄长感到深深的委屈：“你这样任人欺负，我心里难过。”

哥哥就深深地低下头去了。

拉加泽里回到自己的房间，从床底下拉出两只木箱，拿开上面摆得整整齐齐的中学课本与课堂笔记，下面更加整齐的是一扎一扎的钱。他从屋子里出来，把差不多半箱子钱，倒在了地板上，堆在哥哥面前："老三几句话就把你吓晕了，他凭什么吓你，觉得自己有钱，那你弟弟也挣了很多钱！哥哥，以后，见了他们你不准再害怕！"

但是，就是他这些钱，又让哥哥害怕了。他的脸色又变得纸一样苍白。

怒火从拉加泽里心头升腾起来，他抛开对着一堆钱发呆的家人，下了楼，气咻咻地奔更秋家去了。因为愤怒，因为急促的脚步，他差点都要喘不上气来了。到了他家门前，他想高声叫骂，却气喘得一个字都喊不出来。他一个人站在这家人宽敞的院子里，听见灯光明亮的屋子里笑语喧哗。他终于喘过来，喊出了声音："老三，你出来！"

他胸腔里已经准备好一大堆义正辞严的责问的话，只等那坏人一现身，就会劈头盖脸泼洒在他身上。

大门打开了，拉加泽里就站在从门里流泻而出的那方明亮里。没想到的是，先于主人，是一只狺狺的恶犬扑了出来。好在拉加泽里手上已经有了一根从院门上拔下的栎木门杠。他就像录像片里的棒球手一样，抡圆了门杠横击出去，腾身而起的恶犬猫一样哼了一声，像只口袋一样摔到那方灯光外面，落地时发出沉闷的声响。然后是老三怒吼一声，拔出了腰间的刀子，但他明显有些胆怯，有些迟疑不前。

挥出了那呼呼生风的一棒，拉加泽里心中大快：“你这个杀人犯！你差一点杀了我哥哥。”

这个无赖竟然笑得出来：“我只是吓吓他，是他自己往河里跳，跟我有什么相干。”

“你还差点撞死了罗尔依站长！”

老三立即举刀扑了上来，拉加泽里早已牢牢地分腿站好，侧身挥臂，同时一声呐喊，沉沉的木棍先是击中了老三的肩头，然后，轻轻弹跳一下，又落在了他的脑袋上。被击中的人哼出了声音，又把下半声吞回到肚子里，慢慢地倒在了地上。虽然他背着灯光，但是拉加泽里还是很快意地看到他脸上了惊恐而又痛苦的表情。这六兄弟，四个在镇上，剩下两个犯了事的心虚躲在家里，却还在祸害乡里。老六又扑了上来，这时，拉加泽里已经有些清醒了，下手就没有那么重了，他只挥棒打飞了他手里的刀，从手腕那里把他的骨头打折了。

那个生了这几兄弟的老妇人从屋子里哭出来，拉加泽里说：“阿姨，你不要伤心，我是替机村人清除祸害了。”

消息像闪电一样照亮机村。全村人都聚集到了这个地方。人们发动汽车，把两个伤者抬上去，急火火地往县城去了。

临上车时，拉加泽里还看了老三那血肉模糊的脑袋一眼，对人们说："顺便到老王那里报个案，告诉他不用着急，我哪都不去，就在这里等他来抓。"

他还对村长说："你他妈的什么事不管，算什么村长？"

救人的汽车开走了，还有很多人围绕着他，都保持着敬畏的沉默。已经发生的事情全都在他的意料之外，但他心里却感到无比的畅快。天朗气清，星光璀璨，银河在他头顶的天空中缓缓旋转。倒是他哥哥把这感觉给全部破坏了，他抖抖索索地拉住弟弟："你把他打死了吗？"

拉加泽里说："我只知道他该打。打没打死我不知道。"

哥哥哭了，一边哭，一边又开始埋怨了："你惹下大祸了！日子刚刚好过，你又惹了这么大的祸，你就不知道忍一忍吗？"

拉加泽里知道，自己就因为出生在这样一个家庭，忍受过的东西真是太多太多了。忍受一个懦弱兄长的埋怨与唠叨，忍受他莫名其妙的惊恐，忍受失学与失恋双重的痛苦，在双江口镇上整整忍受了两年欺辱与白眼……他真的想喊一声："忍一忍，忍一忍，你忍得住吗？"

但他对着这张苍白的脸什么都喊不出来，有的只是伤心与厌倦，他仰起脸来，看见眼中的泪光放大了星星，在这晴朗的夜晚闪烁得更加璀璨。他不想回家，但警察到来肯定还有很长时间。这时，崔巴噶瓦出现了。只有他的眼里流露出哀悯的神情，他说："孩子，来吧。"

他就跟着崔巴噶瓦去了。

哥哥还哀哀地跟在后面，拉加泽里说："你回家去吧，那些钱够你们花了，以后，你也不用害怕人家欺负你了。"

哥哥就站住了，慢慢地落在了他们的身后。

两个人走到桥上，河面闪烁不定，水波大声喧腾。

两个人走上山坡，水声落在身后，开败的杜鹃花散发甘甜的朽腐味，更为清新的是一枝两枝早开的野樱桃。

那个晚上，两个人一直没有说话。或者说，两个人只是用眼睛说话。老人重新把火塘点燃，调好一壶浓酽的油酒，你一杯，我一杯慢慢饮用。这时，自己过去女友的母亲一声不吭，就像过去机村的女人们为将要出远门的男人——父亲、丈夫、情人、兄弟、儿子——收拾东西一样出出进进：皮褥子、衬衫、皮靴、干肉、盐……拉加泽里从脸上挤出一点笑容，想说点什么，但他什么都没有说，只把一大杯酒倾进了喉咙。老太太坐在这些东西跟前捂住脸哭了。她没有哭出声来，但泪水从她干枯的指缝间流溢出来。然后，她又站起身来，往褡裢里装进了一只手电筒。

天慢慢亮了。

他又听见了隐约的哭声，那是他亲生母亲找到这里来了。老太太起身迎住了她，两只干枯的手紧攥在一起。

崔巴噶瓦清清嗓子，大声说："好妹子，不用伤心，你养了个有出息的好娃娃！"

拉加泽里很开心地看到母亲真的擦去了泪水。母亲从家里带来了很多东西，两个老妇人用这些东西做了一顿丰盛的早餐。吃完早餐，两个人来到门外，放眼望去，通往机村的公路上静悄悄的，警察还没有出现。这回拉加泽里走在前头，崔巴噶瓦跟在后面，往那片每年按规矩轮伐，一茬茬长得整整齐齐的薪柴林去了。两个人在那片薪柴林前坐下来，隐在林子中间的画眉们此起彼伏地鸣叫。

机村人听得懂这叫声：

"天——晴——了！"

"天——晴——了！"

在这样的好天气里，山坡上所有萌生了新叶的树木都闪烁着亮眼的绿光。特别是崔巴噶瓦说还有着泉水根子的地方，那一簇劫后犹生的落叶松的绿光更是清新晶莹，仿佛玉石一样。

这时，拉加泽里突然大叫一声："铁手！"

“什么？”

“糟了，我让铁手去砍那些树！”

“什么？！”

“今天，铁手要去砍那些树，是我昨天吩咐他的。”

“昨天？你知道我今天去那些树上挂寄魂幡！”

“我知道后下山找铁手，就遇到哥哥要去跳河了！我马上去找他！”

但是来不及了，远处的路上扬起了尘土，然后，两辆警车出现了，不一会儿，就听到呜哩哇啦的警笛声了。崔巴噶瓦笑了，他拍拍拉加泽里的脸：“他不敢去了。”

但是，这个时候，那些落叶松中最挺拔最翠绿的那一棵，摇晃着，摇晃着倒下了。

崔巴噶瓦脸上出现了惊讶与不解的表情：“为什么？因为这树值很多的钱吗？”

拉加泽里摇了摇头，但他不想解释，事到如今，任何的解释都没有意义了。他甚至笑了笑，说：“这下，我也是一个很坏很坏的人了。”

老人摇摇头，说：“我不知道，我不知道。”

“要是有人来调查是谁砍了落叶松，请你老人家告诉他们，是我，不是铁手干的！”

老人跌脚道："你们这些人，谁都会干！"

拉加泽里长吁了一口气："我该走了，他们接我来了。"

崔巴噶瓦的神情又是一片黯然，哑了声说："走吧。"

在山坡上那个安静的院落门口，拉加泽里站在低一点的地方，让母亲亲吻自己的额头。

母亲眼睛湿了，嘴唇却是干枯的。

十九

拉加泽里径直就往警车跟前去了。

警察老王说：“好小子，你犯法了，但干得好。”

“老三死了吗？”

老王没有直接回答：“其实，你用不着这样，只要把知道的事情说出来，把好事交给老子来干！”

在村子里，哥哥跟嫂子相跟着：“好弟弟，我们跟妈妈等你回来！”

他心里想，就是回来，母亲也不在了，但说心里话，他心里并没有多少留恋与牵挂。他不知道是因为给他们留下了大半箱子钱，还是自己对这个家庭本来就没有太深的感情。

老王说：“一个晚上，什么话都该说够了，走吧，这个时候就不要这么婆婆妈妈的了。”

拉加泽里就伸出手来，老王一歪脑袋，一个警察上来给他扣上了手铐，老王却骂道：“那么紧干什么？松一点！”

就像那些录像片里演的一样，一个警察上来，把他推到警车跟前，摁住他的脑袋，他弯下腰，面前就是警车后座那小小逼仄的空间。他坐进去，两个警察一左一右在他两边。老王坐在前座上，突然间有些喘不上气来了。他的身体像猫一样蜷起来，蜷起来，两只手颤抖不止，当紧绷的身子松弛下来，人已经晕过去了。见这情景，两个县城来的刑警不知怎么处理，而跟老王同一个镇子的拉加泽里见到这样的情形已经不是一次两次了。

他叫：“解扣子，解扣子！”

两个警察就解开他扣到颈下的扣子。

他又叫：“药！药！”

警察们并不知道要什么药，也不知道药在什么地方。只好打开了他的手铐，拉加泽里放平了汽车座椅，让他呼吸顺畅，从他口袋里掏出常用的喷雾剂往他口里一阵猛喷。隔了一会儿，老王眼皮动了动，再隔一会儿，老王眼皮又动了一动，然后，他深深叹口气醒过来了。

他们让老王就那样在座椅上了躺了十多分钟。

拉加泽里重新戴上手铐，警车这才离开了机村。

老王虚弱地说："好像做梦一样，我从悬崖上掉下去，掉下去，老是到不了底，后来，是谁伸出双大手把我拖回来了。"

警察们都说："要不是刚抓的这个犯人，大家都不知道怎么抢救。"

老王从前座上转过头来，笑笑，说："我就那样往下掉，身子飘起来，像是片从鸟身上脱下来的羽毛，那么轻……身子一轻，人就舒服了。唉，一活回来，身子又重得要命！小子，活着都不容易，都累得很哪！"

拉加泽里没有答话，自己还年轻，自己眼下是身体轻盈而心灵沉重。

老王就对那些警察说："你们看见了，一个罪犯抢救一个警察，这肯定算是一件功劳。"

同车的警察都表示同意。老王笑了，又扭回头来对拉加泽里说："妈的，你小子运气好，救活一个警察跟打伤一个罪犯相比，可能功比过大！"

这句话透出一个信息，更秋家老三虽然被他像打棒球一样击打了脑袋，但他还活着。但他并不特别高兴。他觉得自己已经很累很累了。他也希望自己能够像老王一样昏迷过去，也坠入一个能使身体与灵魂都飞扬起来的梦境。他闭上眼睛，果然就在摇摇晃晃的车中很快睡着了。直到进了镇，警察使劲摇晃他的身子，他才慢慢醒过来了。差不多整个镇子的人都聚集起来了，看他被警察挟着手臂从警车上下来。警察带着他穿过人群，穿过一张张熟悉的面孔。就在一夜之间，这些面孔都有了陌生之感。就是检查站那些朋友和仍然手捧着茶杯一言不发的李老板的面孔也有了陌生之感。旅馆里的小姐、贸易公司办事处那些称为客户经理的小姐，还有降雨人都有陌生之感。只有机村人的面孔不给他陌生之感。这是身任锯木厂总经理的老二阴沉的面孔。这个世界上，很多人来来去去，出现又消失，只有机村会永远深陷在大山的皱褶之中，只有真正的机村人不管相互是喜欢还是仇恨，都会永远呆在一起。拉加泽里看到老二阴沉的面孔和仇恨的目光，他朝老二露出了一丝隐约的笑容，他满意地看到，这个凶横的家伙，眼里也透出了一丝恐惧。

终于，他们穿过围观的人群进到了执勤点里面。老王上来打开他的手铐。拉加泽里有点害怕，问：“我干的事情，你问什么，我答什么，不要再打我了。”他有些吃惊地听见，自己的嗓音突然之间就嘶哑了。

“害怕了？”

他有些羞怯地一笑：“我嗓子哑了。”

“妈的，我听见你嗓子哑了。但还是要问你话。”

“问吧。”

“坐端正。”

“好。”

“姓名？”

“你们知道。”

“姓名？！”

他马上乖乖地回答了。

老王说：“什么事情都有个规矩，只要依规矩来，事情就好办了。”

其实，警察们问了那么多话，翻来覆去就一个意思，他挥动那么结实的木棍击打别人的脑袋，是不是早就想好要杀人了。他们问这些话，有人在灯下做着记录，还有一台录音机也打开了。而老王在屋子里踱来踱去，并不断往嘴巴里喷射着那雾状的药物。讯问结束，警察把记在纸上的话念了一遍给他听，拿来印泥让他按上手印，合上本子，把录音机也关上了。老王擦去汗水，说：“好了。”

拉加泽里就站起身来，说：“走吧。”

反而是老王问：“上哪？”

“监狱。”

“看来你还真着急啊。该去的时候会去的，现在还只是案子的调查阶段。”

老王自己在床上躺下来，那些警察要去饭馆里吃午饭，他们就把他铐到了老王的床头之上。呆坐了一会儿，听着附近锯木厂锋利的锯子唰唰地分解木头的声音，这两三个月令人高度兴奋的经历梦一样过去了，他的身体松弛下来，再也没有什么能够去操心的事情了，他木然的脑袋膨胀，膨胀，沉沉的让他昏昏欲睡了。

他猛然惊醒过来，不是听到了声音惊醒过来，而是猛然惊醒之后，侧耳倾听，才听到了那些声音。先是有人高声喊叫，然后，有人奔跑，更多更高的喊叫，老王也醒了，翻身起来坐直了身子。这突然而起的声音却又陷入了沉寂。镇上什么声音都没有。连锯木厂那些不知疲倦运行不止的锯子也停下来了。静得甚至能听到这个季节一天天涨起来的河水的声音。

这声音让他想起，没有双江口这个镇子和这个名字时，这个地方老的名字：轻雷。

这时喊声又起，更多人在奔跑，在喊叫。然后，一声枪响，空气震动一下，一切又静止下来。

老王说：“不是对人，是对天开枪。”

又过了一会儿，反剪了双手的铁手被人推进了屋子，老二一脸得意跟在警察后面。铁手看一眼拉加泽里，说："完了。"

老二扑进屋子里，喊道："铁手，是钢牙指使的！"

拖拉机也被开进执勤点的院子，上面是几段截成两米多长的落叶松木。那木头真是漂亮：赭红色的皮，匀直的干，截口上的木纹清晰圆满。

老二得意地大叫："这是落叶松，国家保护的珍稀植物！"

拉加泽里只觉得疲惫不堪，他对警察说："老二说得对，树是我砍的，我雇铁手的拖拉机帮我拉到镇上来。"

老王说："小子，什么话都想清楚了再说。"

"是我干的，你放了铁手。"

"妈的，你说放人就放人，你是警察还是老子是警察！"老王变了脸，转向铁手，"你给老子讲老实话。"

铁手别过脸，不看拉加泽里，说："树是钢牙砍的，我就是帮他用拖拉机拉到锯木厂来。"

老王又喘不上来了，他往嘴里喷了些药剂，把拉加泽里推进了那个没有窗户的房间。他把电警棍拄在拉加泽里的胸口上："小子，老子看你打了坏人想帮你一把，你倒敢跟老子装好汉，就不要怪我不客气了。"

警棍一放电，拉加泽里就倒向了墙角，老王自己那脸容，也像是被电着了一般："你不是叫钢牙吗？老子今天要一颗颗给你撬下来……”话没说完，老王自己就喘得不行了。

拉加泽里说：“想收拾我，还是换个人吧，你都没有力气了。”

老王好不容易喘过气来：“小子，你把我弄糊涂了，你说自己到底是好人还是坏人吧。”

拉加泽里摇摇头，说：“我只知道自己是违反了法律的人。”

他被老王关在审讯室里的时候，镇子上的好些人都来看他，检查站的本佳来了，李老板来了，降雨人也来了。他们都让警察挡在了外面。他们带来的东西，也都被退回去了。机村村长也来了，把上百村民摁了手印，要求上级对这个年轻人从轻发落的请愿书递上。警察拒绝接受。他们只负责侦察，不判案，这样的材料要递给法院。这天晚上，他又被押上了警车，这回是往县城的看守所转移了。路上，坐在前座上的老王半睡半醒。坐在左边的警察转了脸去看着窗外，往他手里塞了张纸条。纸条上只有一句话：“你要做个真正的钢牙。”他认识这是本佳的字。他笑笑,像电影里的特务一样，把纸条塞到嘴里吃掉了。那个警察从窗玻璃里看着他，也笑了一笑。

到了县城，拉加泽里建议先把老王送到医院，老王哼哼了几声，却没有反对。于是，他们就先去了医院。医院里推出来一架带轮子的床，老王被人架上去，躺平了，又要人把大衣垫在脑袋下面，他要人把拉加泽里带到他面前：“小子，李老板说他没看错人，他说就算自己有儿子，所能做的也不过如此。他叫你放心，死前会替你家里做好安排。”

拉加泽里没有说话，因为这样的时候，他实在不知该讲些什么。老王说:“小子，你进去了还可以出来，我这一进去，可能就出不来了。”

拉加泽里眼里有了些泪光，被门廊上的灯照着，闪出不一样的光亮，老王笑了：“这小子有点良心，记住，以后要把路走端正了。”

拉加泽里并不觉得自己什么时候就把路走偏了。对他这样的人来说，并没有很多道路可以随意地选择，他只是看到一个可以迈出步子的地方就迈出了步子，可以迈出两步就迈出两步，应该迈出三步就迈出三步。他无从看到更远的地方，无法望远的人，自然也就无从判别方向。

二十

所有这一切都是十五年前的事情了。

十五年后，拉加泽里刑满释放了。他在长途汽车站买票，车站的路线图上居然没有了双江口镇这样一个地方。拉加泽里怕自己看得不够清楚，又掏出眼镜戴上，把那路线图细细看了一遍，的确，图上已经没有了那个名字。他想，是那个地方换了名字吧。他会看地图，他的手指顺着表示公路的蜿蜒红线滑动，到了那个两条河流交汇之处，那里，连原来地图上曾经标示镇子存在的小圆圈也消失不见了。然后，他的手指继续滑行，机村还在原来的地方。

他要买机村的票，售票员告诉他，要到那个地方必须多出几块钱，买到达玛山隧道口的票。当然，他可以提前在机村下车。

还没有到机村，在那个过去叫做轻雷，又曾经叫过双江口镇的地方，拉加泽里下车了。一道高大漂亮的斜拉索大桥同时跨越了一大一小的两条河流，宽敞平整的柏油公路过了桥往机村去了。

只是，那个曾经的镇子已经消失得干干净净了。那条穿过镇子爬上雪山的公路上也长满了浅浅的野草。野草之间，是雨水冲刷出的许多沟槽。拉加泽里肩挎着一个大包，走在这些浅草中间。公路两边，当年那些迅速矗立聚集起来的房子都没有了踪迹。路边荒草与灌丛四合，有些地方，甚至伸展出白桦那漂亮修长的树干。一时间，他有些恍然，不知道是十五年时间真把所有东西消灭得这么干净，还是根本就没有过那十五年前那段时间。但他分明看到，十五年前那个镇子，当满载木材的卡车驶过时，立即就尘土飞扬。现在，绿野四合，轻风过处，阳光在树丛和草地上闪烁不定，清脆悠远的鸟鸣在山间回荡。但他还是看见飞驰的卡车扬起的尘土飘散，降落，镇子上所有建筑中最为低矮的那个修车店前，那个年轻的店老板端坐着，围着帆布围裙，用锉刀一下下锉着手中展开的胶皮。在他前面不远，隔着马路，是李老板的茶馆，然后依次是某贸易公司办事处，之间，是那间客车车厢改装成的录像厅。警察老王推开锈迹斑驳的铁门从里面出来，有些喘不上气来，他说：“呸！黄色录像！”小姐们就哄笑起来。大白天，小姐们无事可干，在旅馆门口的树荫下摆了一桌麻将。小姐们一笑，正在露天玩着台球的几个附近村庄的年轻人也一齐大笑。有人笑得高兴了，就把手里刚刚喝空的啤酒瓶摔碎在地上。加油站死寂一片，两只加油枪斜挂在墙上。公路从加油站旁边拐一个急弯，爬上了一下子变得陡峻的山坡。加油站对面，曾经有过一个水文站。有那么一段时间，只要天上聚集起乌云，水文站前那辆涂着迷彩的车子就会揭去帆布炮衣，向着天上嗖嗖地发射催雨的火箭。当然，重要的是镇子东头的木材检查站，那是这个镇子形成的原因。检查站把住镇子的入口。两排房子就在路口两边。中间，一根红白两色环环相间的粗大栏杆。栏杆升起来，栏杆降下去，这一升一降就决定了许多带着发财梦想的人的命运。他记得，失忆的罗尔依站长还会在嘴里含着一只口哨，在起起落落的栏杆前挥动一红一绿两面三角形的旗帜。这镇上还有什么呢？对了，还有他离开镇子前刚刚建成的锯木厂。现在，那片草木特别茂盛的地方正是当年锯木厂所在的地方，因为那么多的锯末腐烂在地下，成了最好的肥料。

这是一个奇怪的现象，在所有人类居住过活动过，然后又遗弃的地方，恢复植被后长出的草与周围环境大不相同。

这些草木更茂盛，更荒芜，更凶蛮，更加杂乱无章：木本的接骨木、忍冬、多刺的蔷薇，草是宽叶片的牛蒡、牛耳大黄、水芹菜、荨麻、大火草，这些都是山野中不漂亮的植物，它们也自惭形秽一样只是生在一些偏僻的角角落落。奇怪的是，但凡人留下一个废墟，这些草木就会在其间疯长起来。它们在强烈的日光下散发出的沉闷气息，让人有些喘不上气。他用脚上的靴子把那些长疯的草一丛丛踩倒，开出一条狭窄的路来，走到这些草木深处去了。从这些草木底下，他看到了一点残墙。他还找到了修车店所在的地方，的确是什么都没有了，只有两只锈蚀殆尽的轮胎钢圈，半陷在浮土里还保持着一个大致的轮廓。他只用脚轻轻碰了一碰，那钢圈就像泥坯一样垮掉了。钢铁腐烂了，也会散发出一点略带甘甜的水果味道。

拉加泽里在掩没了双江口镇的荒草中穿行累了，重新回到路边。他有点激动，却远没到想象中那种程度。他背倚着一株树坐下来。闭上眼睛，就想起镇上那些人。警察老王，失忆的罗尔依，验关员本佳，降雨人，当然还有茶馆的李老板。想起这些，他好像听到一声深沉的叹息。他睁开眼睛，除了亮晃晃的阳光，什么都没有看见。他闭上眼睛，这声音又响了一下。他听出来，这不是叹息，这是欲起犹止的风小小地摇晃了一下树，那些紧密的叶子互相摩挲着传递这小小的震荡时发出的声音。

峡谷在炎热的午间照例会起风，受热的空气从谷底上升，高处的冷空气下来补充，风就起来了。风摇动了所有的树，所有树都晃动着叶片，整个山谷就充满了大海涨潮一样的声响。不用睁开眼睛，就用耳朵听听这林涛的声音，他就知道，也就这么十多年时间，当人类一旦停下了刀斧，还没有失去活力的草木不仅掩没了曾经的小镇，同时，也正顽强地重新去覆盖山野。绿色的喧哗在这幽深的山谷里重新显得浩大无边。

他居然靠着树干睡着了。睡着之前，听林涛在周围哗啦啦鼓荡，他甚至模模糊糊地想，睡着吧，睡着了就可以看见他们了。但他只是睡着了，他一个人都没有梦见。后来，风停了。突然降临的寂静把他惊醒过来。他想该是回机村的时候了，当这念想涌上心头，他又感到一阵迷惘：回机村？他想回机村吗？只是一个人必须回到一个什么地方，而这个地方就是机村罢了。所以，他走到那个新的漂亮的大桥头，又倚着一株树坐了下来，还说了声："我回来了。"

这话是对谁说的呢？

当年，更秋家老三死在了医院。照理说，打死人就要判处死刑，但是，失忆的罗尔依突然恢复记忆，跑到医院，指认在病床上奄奄一息的老三是冲击关口、撞伤执法人员的凶犯，当天夜里，老三就咽气了。人们都说，老三不是拉加泽里打死的，而是罪行暴露，吓死了。这样，拉加泽里才能在十五年过后，走出了监狱。

当年，判决书下来，要从看守所转移到监狱去了。法院问人犯有什么要求。他要求回双江口镇上看看，却被拒绝了。一旦判处了徒刑，外面的人们就可以来看他了。恢复了记忆的罗尔依站长来了，他说："好小子，老子一醒，你的命就保住了。"

本佳鼓励他在里面参加自考大学："先好好表现，然后就可以提出申请。"

本佳还说："你一去，就会收到我寄给你的教材。"

老王没有来，老王躺在医院里动了手术，但也好不过来了。狱警说，省城来了大记者采访，老王一死，就要成为鞠躬尽瘁的模范警察，成为榜样了。经过这么大官司的拉加泽里，已经懂得很多法律法规了，他说："他不能当先进，他搞刑讯逼供。"

"他一辈子换了十几个地方，都很艰苦，领导说，那样的地方，就算什么都不干，只要安心呆着，就是大功劳！"

降雨人来送了他一套崭新的迷彩服。李老板没来，他已经起不了床了。他托降雨人捎来的口信是：“人情太大，就成了负担，还是相忘于江湖吧。”

这时的拉加泽里，已经很懂得人应该如何通脱了。他耸耸肩，叹息一声：“我也真是没有办法报答他了。”

他没有想到，已经在医学院读到二年级的前女友会来看他。看看那双通红的眼睛，知道来的时候她就在一路哭泣。来了，什么话都没有说，她又哭起来了。

拉加泽里笑了：“哭也没用，就不要哭了吧。”

前女友就不哭了。

“崔巴噶瓦说，你有新的男朋友了。”

前女友并不回答这个问题，她一脸忧戚的神色，说：“你杀了人，晚上睡觉时不要害怕。你杀的是坏人。”

“我不害怕。”

“我都不忍心想，害怕会折磨你。”

“我真不害怕。”

一辆短途的班车停下了，司机探出头来喊：“伙计，去什么地方，这是最后一班车了。”汽车前挡玻璃后摆着一个牌子，写着终点站是达玛山隧道口。

拉加泽里没有起身，说：“我去机村，不去你去的地方。”

司机看着售票姑娘笑了："告诉他，达玛山隧道口就是机村。"

"我看过地图，中间隔着几公里距离。"

司机觉得这个人不是有毛病，就是有意找茬，但还是耐下心来说："那也是先到机村啊。"

拉加泽里挥挥手，又回到树前坐下来，看着大巴启动，过桥，转过弯，消失在山野中间了。卡车把他的视线引向了远处，他这才发现，被绿色掩没的不止是当年热闹一时的双江口镇，使机村深藏其间的起伏群山，也一样被翠绿的植物重新覆盖了。虽然不是当年那些挺立几百上千年的松、杉、柏、桦。但这些以灌木为主的次生林也能很好地保持水土，有了这个基础，成材的树木可以很快生长起来。这十五年，他在监狱里拿了两个本科学位，其中一个就是关于森林环保的。进监狱前挣的钱，除了给了兄长的，自己还多少存了一些。当然，他在监狱里就听说，现在，那样一笔钱根本就不算什么了。但也足够他重新开始干点什么吧。现在可以办公司了，他就办一个公司在群山里重新播种那些最终会长得高大挺拔的松、杉、柏、桦吧。

这么想着的时候，天慢慢黑下来了。峡谷里热空气流逸，冷空气填充，又起风了。林涛声就在他的脑子中轰轰作响。

他就顶着这一脑子轰轰烈烈的声音坐到天黑。风停止时，天上已经满是星光。四周的树林与草丛中，萤火虫飞舞，有鸟在梦境边缘偶尔啼叫。然后，他听到了当年镇子的声音。关门、开窗、招呼牌局、录像厅里的枪炮声、旅馆里小姐的笑声、警报声、睡得最早的李老板洗了脚往马路上泼水的那哗然一声、载重卡车的喇叭声……他睁开眼，真的有强烈的车灯晃在了脸上，好像真的是十五六年前，一辆需要修补轮胎的卡车停在了修车店前。

但这只是他恍然之间的感觉而已。是一辆面包车开到了跟前。车子关掉了大灯，司机走到他面前，说："你是我叔叔吗？"

拉加泽里对这问话有些茫然。

小伙子肯定地说："你就是我叔叔。"

他想起，十五年前出事的那天，一个刚上小学的娃娃哭得跟他没出息的父亲一样："你是……"一时间，他竟然拿不准该叫那个懦弱的人是哥哥还是直呼他的名字。

小伙子笑了："我是。他叫我来接你。"

坐上车，拉加泽里才问："他为什么不来？"

"他害怕，说没脸见你，说要跑到山林里藏起来。"

拉加泽里想笑一下，但没笑出来，便问："崔巴噶瓦呢？"

“还在。”

“他的林子呢？”

“你看现在到处都是林子，还退耕还林，机村以前开的地，好多都又种上树了。觉尔郎峡谷那边也都……”

“我问你崔巴噶瓦的林子。”

侄儿嚯嚯一笑：“看我就是管不住嘴，那轮伐的薪柴林要成旅游景点了，那天林业局跟旅游局专门来开了会，规定全村都要恢复以前伐薪的传统，那些林子要开辟成生态旅游的景点。”

“真有人来看？”

“我这车就靠拉游客挣钱！”侄儿笑笑，“哎，叔叔，现在的林业局长是你的老朋友本佳，你去找他帮我说说情……”

拉加泽里竖起了指头，侄儿乖巧地一笑，说：“叔叔刚回来，不能马上就提这些事，对吧？”

车内陷入了沉默，车灯光柱所到之处，他看到眼前晃过各种带着荧光的交通标志牌和其他警示标志：林区禁止烟火、禁止采摘野花、禁止捕杀野生动物。然后是高低不一的丛丛树影。他想说，老家的山野变得漂亮了，但他没说。就这样一路前行，也没有感觉时间的快慢，然后一块牌子出现在眼前：机村。绿底牌子上的白字闪着莹莹的亮光。那样柔和而飘忽的光亮，使机村在他心里顿生出亲切之感。车灯暗下来，星光之下，机村那些庄稼地，那些参差聚集的房子的轮廓出现在眼前。他长叹一声："回来了。"

下车前，他回头看看后面空空的车厢，后面的空间里，只有隐约的光亮。他恍然觉得，好些当年镇上的人都坐在后面，有警察老王，检查站长罗尔依，当然，还有可以用胡琴声拉出林涛声响的李老板。当侄子停下车拉开车门，拉加泽里又回了一次身，真的看见他们微笑着说："对，小子，你回来了。"

电　话

手机出现的时候，机村没有电话已经很久了。

还没有人民公社的时候，机村就有了一部电话。黑黑的机身，同样颜色的话筒放在机身上方的一把叉子上，电话铃叮叮一响，拿起话筒来，就可以开口说话，再把话筒放回到叉子上，任那边喊破喉咙，这边就什么也都听不到了。必须说清楚的是，听到不想听的话，就放下话筒，是机村少数几个有资格接电话的人，偶尔会有却从未实现的想象。上面牵了几十公里长的线，安了这么一部电话，就是方便传达各种指示，人家讲话的时候你还敢放下？

那部曾经的电话安置在生产队仓库里。

仓库是一座大房子。大房子里隔出许多间小仓房，里面装着或者没有装小麦与豆子。在那些小间仓房之间，就算是生产队的办公室了。开个小一点的会什么的，就在这个地方了。窗户下面，那部电话像只哑巴猫一样趴在桌上。遇到特殊的情况，还要有人不分昼夜守在电话机旁。守？不对。又不是一个猎人下了套子等猎物伸着脖子钻将进来。守电话有一个专门的词，一个外边传进来的词，“值班”。

北京城里要发布最新最高指示了，要发表什么呢？不知道，那就派人值班，等电话铮铮然响起。要预防地震了，也要派人守着电话。还有两三次，说是从天上空投下来美蒋特务，民兵们四处站上岗哨，更是要派人值班。当然，没有一次抓到过特务。只有一次从树林里找到了一个被松树枝杈戳破的大气球。气球下听说挂了不少传单。传单上写了什么？嘘——这样的事情可不敢随便打听呀！那样的时候，电话一晚上铮铮然响个十遍八遍。仓库门口站着表情十分严肃的持枪民兵，那铃声会让人产生心惊肉跳的感觉。

还有一次大家都不知道会有什么事情发生，不要说电话机有拿枪的人守着，从城里、从镇上逶迤而来的每一根电线杆子下，都站了一个人，持枪的民兵不够用，妇人小孩都拿着木棍与长刀，整夜地站立在电线杆下。电线横过夜空，凛凛然泛着冷光。有风吹动的时候，那电线还会像被拨动的琴弦一样，嗡嗡作响。那声音流淌，就是在说着什么吧。但说的什么？没有一个人知道。第二天，也是电话铮铮响过，话筒里只传来简单的两个字：“撤岗！”

如果只为这两个字，为什么兴师动众守这么一个晚上？村干部一个严厉的眼神，把别人的好奇心压下去，同时也把自己心头的疑问压下去了。

之后不久，电话慢慢就没有什么用处了。公社变成了乡，有些东西某一天就突然没有了。就说广播吧，某个早上，村民们总觉得有什么不对头的地方。什么地方不对头呢？真还一时想不过来，就是感到什么地方不大对头，跟以往大不一样。第三天早上了，才有某人的脑瓜子突然醒过神来，大叫一声：“喇叭！”

于是，所有人都恍然大悟，是高挂在村中广场上的高音喇叭没有响起。十多年了，每天开始的标志都是喇叭里响起那支乐曲。这乐曲是那么熟悉，喇叭里不播放了，还在人们脑瓜里自动播放，哇啦作响。有人想起这事应该给上面的广播站报告，就跑到仓库去打那台电话。但是，拿起电话来，听筒里没有了嗡嗡的电流声，无论如何转动摇把，话筒还是没有一点声响。这时才发现，不止是喇叭，不知什么时候，电话也断掉了。断掉就断掉吧，机村人总不能因为没有了喇叭与电话就不过自己的日子了吧。地分给你了，你就好好种地过活吧。不想种地，现在弄点什么去卖，也是可以的，那你就弄点东西到镇上去换钱吧。还要什么广播跟电话?

日子真的还就过下去了。而且，还过得一天比一天实在，一天比一天好起来了。

也有少数机村人一下子觉得出了大事了，没有电话与广播人们怎么知道外面的消息呢？过了一段时间，机村人也就习惯了，该知道的事情总是会传到耳朵里来的。

再说了，一个山里农民真的要靠那么多外部的消息生活吗?

有个老年人看到那些游手好闲的年轻人说：“现在的人就是知道别人的事太多，干自己的事情太少了。”

这话当然受到了见多识广者的批评。

他的反应很简单，他说：“屁。”

有人说,这一来,就不知道北京开了什么会了。他说:“屁。人家又不请你去开会。”

他儿子也来反驳他：“你也不知道美国人怎么用机器养牛的。”

这个人叫夏佳绛措，他还是说：“屁，美国人又不雇你去用机器养牛。”这个人不但不喜欢有电话与喇叭的日子，还不喜欢送孩子上学。问他理由，还是那个简单的字：“屁。”然后说出理由，“我不要娃娃变成眼睛朝天看不清脚下的家伙。”

他这话出来，人们一时间还找不到什么理由来反驳他。过去，机村的年轻人好好干活，表现积极，就有可能被上面看上，招工招干，过上不一样的日子，变成每七天就有一个星期天，星期天没事可干，就把本色的衣裳洗得发白的爱卫生的上等人。但现在不行了。现在，从蛇变成龙只有一条路，上学。问题跟着就来了，上学并不保证每个人都能实现梦想。少部分人成龙上天，大部分人考不上中专，更考不上大学，依然回到村里来了。依理想家们的描画，这些人回到村庄就是新农民了：有文化、有知识，会像那些宣传画里画的一样，背着喷雾器往果树上喷洒农药，培育良种，开着机器收割庄稼。但画里的情景并未在机村出现。他们成了上不沾天下不着地的人：不会干也不想干农活，幻想在路上捡到大块的金子，喜欢镇上的酒馆却不喜欢镇上的人，镇上的人不喜欢他们，也害怕他们。他们眼神里总是交织着迷茫和仇恨的光芒。他们把被警察抓住挨过暴打，在拘留所里蹲过几个晚上视为一种光荣的纪录。最重要的是，他们不再喜欢自己的村庄，却又必须生活在这个村庄。

村里人嘲笑这些家伙，抱负很大本事很小。什么抱负呢？也就是有一天突然发财，除了这个，一个人还能有什么样的抱负呢？这些家伙弄到一点钱，就在镇上把自己灌醉，让人不知道他们怎样接近自己的目标。某天，这些家伙从镇上喝了酒歪歪倒倒地回来时，大家发现，夏佳绛措的儿子没有回来，都摇摇头，说："又去吃不要钱的饭了。"

这是说，又一个愤世嫉俗的年轻人把自己折腾到监狱里去了。

年轻人反驳说："老师怎么会进监狱呢？他只是走了。"

夏佳绛措说："走了？能走到什么地方去？有本事他就考上大学了。"

年轻人说："没见过这么不心痛儿子的爹。"

"我也没有见过你们这样没出息的儿子。"

"知道我们为什么叫你儿子老师吗？"

"因为他知道有人用机器喂牛，用飞机撒种子？"

夏佳绛措稍稍放下心来，至少他知道，儿子是到远方去了。虽然他并不知道远方在什么地方，要一年还是两年才能走到。结果儿子到了五年头上还没有回来。

夏佳绛措嘴巴是很硬的，他说："好，到底是我的儿子，做不成大事就不肯回来！"他说硬话的时候，她的女人却在哭泣。背着人，夏佳绛措的口气软下来了："哭吧，哭吧，我都想哭，这死要面子的杂种是饿死在外面了！"

就在村里那些浪荡子都收了心，认了命，过起了与没上过学的农民一样的日子的时候，大家都以为这个人已经永远消失的时候，这家伙却从外面回来了。

这家伙真是发达了。

他居然包一辆出租车开了几百公里，一直把车开到了村里。开到了村中广场还不算，还要一直开到家门跟前。他只带了一个包回来。包里装的什么？他打开包时，已经进了家门，外人没法看见。据说是一包钱。一整包钱！夏佳绛措在村子里四处现身，对此说法却不置可否。他说："他妈妈高兴得很，以为死了的儿子回来了嘛。"

夏佳绛措与村里人闲话时，有人跑来告诉他："你儿子包了仁钦家的拖拉机，叫人到镇上买酒，买菜，说要招待全村的人！"

"他要高兴就让他去吧！"

"他自己不去，让仁钦家的老二去办这些事情，这小子，他怎么放心让他去办这样的正事！"

夏佳绛措哈哈一笑："在这些娃娃面前，他真称得上是老师了！"

在机村，老一批的浪荡子们心灰意冷过起了平常日子时，新一批的浪荡子又顶上来了，他们是前辈们的侄子或兄弟。仁钦家与夏佳家是老表，仁钦家老三是新一批浪荡子的首领。这里说着话，村里一帮浪荡子全部跳上拖拉机大呼小叫地去了。

“这些家伙能办成什么正事？有了钱还不先在镇上把自己灌醉了。”

不到半天时间，这些家伙就把办酒席的货品全部办回来了。他们从拖拉机上搬下来整箱整箱的酒，但他们嘴里没有一点酒气，说话时舌头没有打结，走路时脚步也没有踉跄。

“神了，夏佳绛措，你儿子神了！”

第二天是个好天气，夏佳家、夏佳的老表家、夏佳的堂弟家、夏佳的亲家家的锅灶都热气腾腾地忙乎开了。夏佳绛措那从天而降的儿子指挥着年轻人在广场上摆开了一圈的桌子。中午，全村人都已入座，姑娘们绯红了脸穿梭着上酒上菜。

大家都望着夏佳绛措父子，意思是要他们说点什么。夏佳绛措看看儿子：“不给乡亲们说两句？”

那家伙挥挥手，说：“你说。”

夏佳绛措就讲开了，看那开头的架势，就是要讲好长一篇的样子，于是，他儿子就说一句：“不要让菜凉了。”

老家伙哈哈一笑：“好吧，看，再不听话的儿子都会懂事，我啊不是老说少为娃娃们操心嘛，好了，请吧！”

大家就埋头吃开了。

夏佳绛措吃得很少，只是一口一口抿着杯中酒，他一直在观看这壮观的场面。他儿子甚至根本就没动过筷子，也没动酒杯，也和他一样在观看。

筷子终于慢下来时，一个陌生的声音响了起来。声音并不大，但大家都听到了，碗筷的叮当声、咀嚼声、交谈声立即就停了下来。那声音还在继续。大家都抬起头来用眼睛寻找这声音的来源。

夏佳绛措满意地看到大家的眼睛都集中在了儿子身上。他儿子做出一副吃惊的表情，说："咦？"然后，慢慢地从贴胸的口袋里掏出了一个东西。他从那东西上面扯出了一根收音机天线一样闪闪发光的铁条，然后，打开那东西的盖子贴在耳边，嘴里说："喂？"

"喂喂！"

"喂——"

马上就有人意会到了："电话？"

还是村里那帮坏小子们见多识广，得意洋洋地喊道："手机！"

"手提电话！"

"电话？可是没有线……"

“屁话，有线还叫手提电话？！”

“手机！”

大家争论着的时候，那家伙嘴里嘀嘀咕咕离开酒席走到一边去了。大家都扭过身去看他。他对着电话说话时，好像那边讲话的人就站在他面前，脸上表情丰富，手上动作繁多。那架势，让年岁大的人想起以前工作组领导在台子上讲话时的派头。他这一讲，就讲了十多分钟时间。因为他一边讲话，还一边踱着步，从广场的这头踱到了那头，又从那头踱回到酒席跟前，然后，他做了一个再见的手势，啪哒一声关上了电话。

他把电话装回衣袋，坐回父亲身边，说了句什么。

夏佳绛措说:“他就是接个电话，大家不要管他，请吧！”

但他一下子拿出这么个新鲜的玩艺儿来，叫大家怎么能“不要管他”。大家的兴趣不可能不集中在电话上面。夏佳绛措觉得自己有责任替大家把话说出来，于是，他问儿子:“是很远的地方打来的吧？”

这家伙说出了一个地名。大家都沉默半晌，然后恍然大悟，那个地名是传说中才出现过的一个地方。那是印度的一个胜地。

“真有那个地方？”

“有那个地方。”

“你去过？”

“我去过很多地方。”

大家还想问下去，这时，那只手机又在他主人贴胸的口袋里像只鸟一样叫了起来，他还是那样一副满不在乎的派头，站起身来掏出手机，拔出天线，啪哒一声打开翻盖，说：“喂！”

然后，就踱到一边去了。不过，这回他没有踱得很远，就又踱了回来。他手里握着关上了盖子的手机，说：“大家继续，没什么大事，一个朋友折进去了？”

夏佳绛措当然是大家的代言人：“什么叫折进去了？”

“倒霉了，下台了，关到拘留所了。”

“谁？”

“说了你们也不认识，一个局长。”

“局长？！”

从众人的眼神就能看出来，现在他们不但把他当成一个有钱人，不但把他当成一个见多识广的人，也把他当成一个门路很广也很野的人了。他的表情很轻松：“当官的收了不该收的钱，运气不好，折进去了。”然后，他放低了声音对父亲说，“从此以后，就没有人再敢说你的风凉话了。”

对着想知道后一句话的人们，夏佳绛措只是眉开眼笑。

这时，送他来的那台出租车开来了，这家伙连句告别的话都没有说，好些喝得身子发沉的人还未来得及站起身来，他就坐上车绝尘而去了。

然后，酒席慢慢就散了。到了第二天早上，看见空空荡荡的广场，看见蓝瓦瓦的不挂着一丝云彩的天，昨天的情景像是梦里才出现过了。当夏佳绛措出现在人们的视野里，他走路的姿态，说话的样子，眼里的神采都有了些说不清楚的变化，人们知道，他儿子真的可能是提了一口袋的钱回家来了。这年头，突然一下就富起来的事情，在机村也不是一家两家了。

村子里新一茬的浪荡子们一下子变得趾高气扬了。谁也不敢说，某一天，其中的某一个，不会突然一下就发达了。

这不，还不到一年呢，仁钦家的老三也带回来了一部手机。他还没有打开手机，就突然明白，机村这么深的山沟里收不到手机信号。那么，夏佳舅舅的儿子，他的表哥在广场上接听电话，就是假装的了。他没有把这个秘密说出来。他知道，不用人家打电话，也可以让手机发出响铃声。他不是表哥，没有那么大的胆子去显摆。他能明白的道理，至少跟他一伙的兄弟们也能明白。他们也只是不说破罢了。至少，那个拿手机在没有信号的地方假打的家伙，真给他们这些浪荡子长了面子。他们再四处浪荡的时候，耳朵边上没有了那么多抱怨，他们家人眼里甚至会流露出期盼的目光。

而那个夏佳绛措，在路上碰见，虽然什么也不说，却会重重地拍拍他们的肩膀，脸上露出一种很知心的微笑。

三年又很快过去了。新的浪荡子们并没有谁摊上好运气，于是，好些人就显出浪子回头的样子了。

夏佳绛措的儿子突然一下又在村里出现了。他是晚上回的家。第二天，临走的时候才出现在全村人面前。他没有再大摆宴席，也没有拿出手机在众人面前接听电话。他只是把仁钦家的老三叫到自己和父亲跟前，吩咐几句什么，又重重拍拍表弟的肩头就离开了。村里人说，前次回来，他那派头有点装出来的感觉，这回，这个人是真有了不起的派头了。

夏佳绛措有些伤感，不再有兴趣向好奇的人们转叙儿子临别说了些什么。村里人也说，他妈的，这个人也真有点有个不得了的儿子的派头了。

于是，大家的眼光都落在了他表弟身上。表弟说："表哥留给舅舅一部手机，说有要紧事就给他打电话。叫我帮着舅舅打！"说着，他掏出了那部手机，他打开手机的翻盖，按动了几个键子，手机里就传出了悦耳的铃声。

"接电话！"

“这是手机自己唱歌，不是听到了电话！”

三天不到，夏佳绛措就想打电话了。但他侄儿不干：“表哥说了，有要紧的事才打，你没有要紧的事情。”

“家里人不放心，想听听他的声音。”

侄儿拿出了浪荡子们对情感一类东西不屑一顾的派头，眼睛望着别处，嘴里只发出一个声音：“屁。”

“什么？你说什么？！”夏佳绛措睁大了眼睛。

侄儿却无所谓地微笑：“你爱说的那个字，舅舅。”说完就转身走开了。夏佳绛措对着他的背影大摇其头，接着脸上又漾出了笑意，“这小子，跟他表哥一样！”

身后有人搭话：“怎么样，这些年轻人连你都不放在眼里。”

“屁。”他也只简单回了一个字。

后来，他想，什么时候才有要紧事给儿子打电话呢？一个种地的农民有什么要紧事呢？庄稼受灾了，奶牛没有配上种。有了钱，这些本来要命的事都不是事了。那还有什么是要紧事？那就只有他爹跟娘要死了。但现在隔那日子还远得很呢。而且，真是死到临头了，又怎么打得动电话呢。侄儿告诉他，手机在村子里打不通，要爬到村子背后的山梁上，一直爬到看得见镇子的山梁上，在那里，不会拐弯的信号就会从镇上传过来了。

“可是，你表哥上次不是在村里打的吗？”

侄儿道：“那是为了给你长脸！”

倒是侄儿自己跑到山梁上，给表哥打过一次手机。手机通了，话筒里沉默良久，终于传来的声音却疲惫不堪：“喂。”完全不像那个衣锦还乡的家伙的声音。

“表哥，是我！”

又是沉默良久：“我说过，没有要紧事不要打电话。”

“舅舅说，除非他要死了，不然就永远听不到你的声音了。”

“他比你聪明。”

“表哥，下次回来带我出去吧！”

话筒里的声音更其疲惫：“不要再浪荡了，好好过安生日子吧。我回来光鲜过了，不回来了。除非是老爹老娘要死了。”

“表哥！”

“不要再说了，你手里的机子里预存的话费不多，再打，下次真有事时就打不成了。”

“我知道你上次回来是假打！”

“我已经假打过了，你再假打就不灵了。”说完，那边就挂断了电话。再打，话筒里传来的是机器说话的声音："对不起，你所拨打的号码已关机……"

再打还是机器那一字一板的声音重复着同一句话。山风吹来，出过汗的背上有些发冷，有泪水从这个年轻人脸上潸然而下。

人物素描

丹巴喇嘛

那时节，丹巴刚进庙没有几年，一个小扎巴（学僧）而已，哪里够得到喇嘛（上师）的分上。

那时节，年近三十的丹巴眉眼疏朗，身长七尺，跟着上密院大学问的阿西喇嘛学法。对那些深奥教法正是一时明了，一时懵懂的关键时节，只等某个时机一到，就可以得到点化了。但他已经没有机会了。一九五七年，拉萨高高宫殿里的大喇嘛们，刚在城里响了一点枪炮，就往外国跑路。这样，与拉萨隔着千山万水的僧人们的日子就到头了，政府一纸禁令下来，全都结束了“寄生虫生活”，还俗返回家乡放牧种地，过自食其力的普通劳动者生活了。

僧人们还没有全部离开，拆除寺院的队伍已经动手了。昔日的清静之地一时尘土蔽天。丹巴有些激动，一来因为每天做功课的大殿和大殿里供奉的巨大佛像正轰然倒塌，一来，对新社会里的新生活的某种想象也激荡着他的心怀。

他请一个民兵进来，把行李检查一遍，以免还夹带走了“从事邪恶宗教活动的经书与器具”。该动身了，平常脸上总是浮现着若有若无笑意的阿西喇嘛却哭了起来。阿西喇嘛个子不高，小圆脸细眼睛，六十多岁的人了，小圆脸上的皮肤越发显得明亮光洁，而显出的颜色是精心擦拭过的铜器的颜色。阿西喇嘛哭了，细眼睛里泪水蜿蜒而下，大张的嘴里却没有一点声音。

看着这情景，丹巴心里却有些想笑的意思。他说：“好啦，好啦，你是怕走不动这几十里长路吗？我已经把毛驴备下了。”

阿西喇嘛脸上的泪水还在潸然而下，丹巴有些不耐烦了：“我晓得你操心今后佛也不能求，菩萨也不能求，没有依靠了。以后，我们都是庄稼人了，你不会干活，也干不动了，我就把你当亲爹养着吧！”

上师的嘴张得更大，更多的泪水潸然而下，丹巴说：“掌嘴，我错了，喇嘛一生持戒，当我爹就是毁了清白，再说我老爹已经过世了，你就算他的兄弟，我的亲伯伯吧！我供养你！”阿西喇嘛还在流泪，无声哭泣的嘴巴已然闭上了。

丹巴把打好的包袱摞起来背在身上，转身就把阿西喇嘛抱在了毛驴背上，然后，牵着毛驴，迈开长腿离开寺院了。这个时候，是夏天的尾巴，在高原上，已经很有秋天的意味了。溪边的柳树梢头已经显露出浅浅的黄色。穿过柳树林时，腿轻轻一碰，已经结实的凤仙花籽荚，啪一声爆裂开，细细的籽实很有劲道地四处飞溅。春天里分了群去传宗接代的云雀与野鸽子卸下了轮回中的重负，重新合了群，在天空中轻盈地飞翔。

这时，妥妥帖帖地坐在毛驴背上的阿西喇嘛却发出了悲声，丹巴刚好起来的心情又坏了："又怎么了，师傅？"

"我是为你，你是差一点就要被点化了呀！"

"我看还是不点化的好，点化有什么用，你能点化人，有什么用？"静下来仔细检点自己，说这话的时候，不止是对上师，而是对无往不利的教法本身，也算是生出恶意了。但有什么办法呢？平常被百万次万万次膜拜着、祈求着、供养着的巨大佛像，被一根绳子拴着颈子，反叛了的信众们奋力一拉，就轰然倒地，非但没有显示什么奇迹，反而粉碎在地上，露出许多金粉下面的泥巴。虽然如此，丹巴还是因自己话中的恶意而吃惊了。但他回身一看，师傅却已经闭上了嘴巴，眼皮下面也不见泪水挂下的痕迹。

丹巴回身说："回到机村，我就不能再叫你上师了，我就叫你伯伯了。”

上师的小圆脸上漾开了若有若无的笑意。

“泥菩萨倒了，你这样子倒像是一尊菩萨。”

在以后有些艰难的日子里，丹巴还看到上师哭过两次。两次都跟放牧的羊群有关。一个人念经打坐加冥想了大半辈子，老到这把年纪，还能干些什么活呢？差不多什么活都不能干了。早上，丹巴先把伯伯扶上驴背，然后把羊群赶上山坡。天气好的时候，就让伯伯和羊群呆在一起，自己离开去干点别的事情。一次，他离开草地，进到树林里去采一点刚露头的野菜。刚刚走进林子，就听到三四天都不会讲一句话的伯伯发出了凄厉的哭声。

他马上赶回来，只见一只鹰正在天上盘旋而去，在那只鹰的利爪间，一只刚出生不久的小羊羔正在奋力挣扎，同时发出凄厉的惨叫。伯伯嘴里正发出小羊羔一样凄厉的哭嚎。在这个恃强凌弱的尘世之上，大羊是豺狼的目标，小羊是鹰隼的目标。鹰拍击着宽大有力的翅膀，越飞越远，小羊的叫声就在蓝天下慢慢消失了。伯伯也是慢慢闭上了嘴巴。

丹巴说：“鹰飞来的时候，你要大声吼叫，它就不敢扎下来了。”

丹巴还说：“你总不可能是一生下来，就是寺院里的小和尚吧，你在俗家时，这样的事情还是知道的吧。”

前喇嘛的脸上又浮现出浅浅的笑意，天真茫然的眼光落在他身上，使他不好再说什么了。丹巴叹口气，再往林子里去了。鹰再次飞临，再次乘着厉风猛扑而下，再次攫去一只小羊羔的生命时，伯伯没有再哭泣，但他也没有能够对鹰发出恐吓的吼叫。以后，丹巴就不带他上山放羊了。每天，太阳一出来，老喇嘛就走出屋子，静静地坐在屋檐下，古铜色的小圆脸被太阳照得闪闪发光。那人的身子一日日瘦小，那脑袋与脸却越发精致而光滑。偶尔，他会动一下身子，拿一把扫帚打扫村里的道路，有时，还会去填平小桥两头路上的坑洼。丹巴说：“这样很好，又积功德，又做了劳动的样子。”

喇嘛摇摇手，若有若无的笑容又浮到脸上，依然不肯开口说话。

“我知道你不是哑巴。”

就这样差不多过了十年。文化大革命了。城里来的洋红卫兵和村子里的土红卫兵闯进两个前僧人的家里，细细翻过了一遍，想找到点什么证明他们贼心不死的东西，却是一样跟宗教有关的东西都没有找见：“就那老东西自己像尊肉菩萨！”

丹巴这下可担心了，这些家伙见菩萨就毁，不要把这肉菩萨也给灭了。但他们咋呼一阵，就像一团内藏着雷鸣与电闪的云团一样又倏然卷走了。那年冬天下了雪。雪一下，就无休无止。人很难出门，更关键的是，羊也出不了圈。每天，都有几头羊无声无息地倒在羊圈门前。丹巴把一只只死羊剥了，把剥下的羊皮用竹竿撑开，一张一张竖在烧得旺旺的火塘跟前。也就七八天时间吧，整个屋子里都塞满了羊皮，火苗一升起来，整个屋子里就弥漫开一种热烘烘的血腥味。活物的血腥味是浓烈的，死皮上的血腥味却是淡薄的。丹巴自己有点受不了这种味道了，他说："也许，明天我该把这些东西换一个地方。"

伯伯端坐着一动不动，没有说话。

"伯伯，我在问你话呢。你受得了，我可是受不了了。"

这时，伯伯突然咧开嘴呜呜地哭了。这回，他的哭声像是暗夜里掠过屋顶的风声，呜呜长吟。

然后，伯伯说话了。他说："我受不了可以走，你受不了，我也没有办法，我也不能度化你了。"

丹巴当下起身，把那些干透的羊皮和半干的羊皮搬到了屋外。他还用柏枝把屋子熏过了一遍："伯伯，你说话了。以后，你每天都跟我说几句话吧。"

伯伯又说了一句："睡了吧，你明天还有事。"

丹巴就起身去睡了。这一夜，他没有睡好，思前想后的，还听到那些羊皮在寒气中上冻时发出打鼓一样的声响。就在这个夜晚，伯伯就坐在火塘边上过去了。他的身子还端坐在火塘边，但当久雪初晴后的太阳从窗口斜射在他身上时，就像有谁推了他一把，侧着身子就倒下去了。脸上的金属光芒消失了，顷刻之间，那张光滑无比的脸像一个丢失了水分的苹果，变得皱皱巴巴。

处置遗体时，丹巴没有流泪，他只是念叨:“你等不得了，你不要我侍候你了。再等等，说不定就好起来了。”

待到一冬天的雪化尽，去年的枯草丛中又萌生出蓬勃新芽，羊群又开始产羔壮大。这时，正值壮年的丹巴差点迷失于一个女人的身体。很显然，是那个女人看上了身长七尺有余，眉眼疏朗清爽的丹巴。春天，羊群到了换毛的季节，生产队要忙过春耕才能来修剪。羊子经过那些齐身高的灌丛时，大团的羊毛就留在了那些灌木枝子上。好多天了，女人就跟在羊群后面捡拾那些留在树枝上的羊毛。

“丹巴，你为什么不自己也捡一点羊毛，一块多钱一斤哪！”

丹巴不说话，注意到这个名叫央宗的女人弯下身子时，袍襟下的臀部动人的浑圆。

央宗的嘴唇湿漉而红润，她说：“你看见过我的娃娃吧。”

丹巴点点他那嗡嗡叫的头，央宗说：“娃娃的父亲，昨天上我家求婚来了。”

这样的话，丹巴就接不上茬了。

央宗的声音更加柔和：“你说，我嫁不嫁给他。”

丹巴有些气冲冲地想：“妈的，你们都有娃娃了，难道不该嫁给他？”

这时，央宗坐在他身边来了，她把围裙中包着的羊毛拣出来，支使着丹巴把口袋打开，她说：“丹巴，你知不知道自己是个漂亮的喇嘛？”

丹巴怕冷一样牙关轻叩，得得作响。

央宗看他一眼，眼里有勾魂摄魄的东西百回千转：“丹巴呀，庙子倒了，师傅也不在了，有妙意的只是女人的身体了！”

丹巴脑子里轰然一声，抡起胳膊就把女人抱在怀里了。女人的身子就瘫软在他的怀里，这里扶起来，那里又软下去，一时间让丹巴手忙脚乱，气喘吁吁。央宗这才星眼半开，斜觑着他，娇声说：“棒小伙，你是累着了，还是急着了？”

这挑逗的话让丹巴警觉到自己的生疏与她的老练，脑子里就像是有只钹呛然一声，一股凉意从头顶直贯而下。

冷的丹巴看着热的丹巴。

两颗象牙白的乳房在眼前轻轻震颤，女人整个都热起来了，她喃喃说："我把自己给你，我把自己的一辈子都给你，我不要那个水性杨花的坏蛋！"

丹巴脑子深处又是呛然一声钹响，整个人都清醒过来了。身体一下就僵直了。

以后，闲来无事，这情景还会时时浮现眼前，使得热起来的丹巴不断考验那个冷的丹巴。冷的丹巴让他背诵一些静心的经咒，冷的丹巴还让他想象一个女人老得不堪时的样子，想他怎样有了一群面孔脏污、啼饥号寒的娃娃，热的丹巴终于偃旗息鼓，不再蠢蠢欲动了。更重要的是，此后没有几年，形势一变，"宗教活动有限度恢复"，他又回到寺院去了。上师去了，毛驴还在。毛驴用有点悲戚的眼睛看他时，他恍然觉得像是上师的眼睛藏在后面，似笑非笑，欲言未言。父母早已过世，他把这几年积存的多数东西都留给了两个成家的妹妹，往毛驴背上放上一个褡裢，自己背上一个包袱，又重新踏上自己的僧人之路了。离开村子，经过溪上过去上师常去打扫与修补的桥头时，竟然有好几个同村的人在他面前跪伏下来。其中有自己的亲妹妹，有背上背着第四个娃娃的央宗，她们抬头看他时，都已经泪流满面。丹巴的眼睛也湿了起来。

他一路走去，心里暗想，要修成无上的功力，把这些跟自己血肉相关的众生超度出苦涩艰难的轮回。

回到庙里的情景却一点也不符合他的想象。一片废墟上，大殿正在修建。早期那数百僧众已经寥落不堪。好多人不在了。好多人还乡后真成了俗人，娶妻生子，重返寺院，也是斩不断的尘缘。谁又相信一个未曾开悟与点化的扎巴（学僧）反倒持身谨严，等到了这一天。人们开玩笑说："就这一点，你就够资格是一个喇嘛（上师）了！"

每个人劫难中的经历从四方传来，信众和众僧人是真心诚意地叫他丹巴喇嘛了。有时，丹巴惶恐无地，自己胸无点墨，怎么配做上师？有时，丹巴却又信心满满，觉得天朗气清，山水人世和佛的无边教法都浑浑莽莽，满盈在心间。过去的寺院广场还是一片青碧的草地。草地那一头，一片噪杂之声，未来大殿的墙在升高，木工石工忙活成一片。草地另一片，毛驴在那里悠闲地觅食嫩绿的青草。丹巴拉张垫子坐在草地上，半闭着眼，倾斜的阳光化解成七色的光谱，上师那小圆脸上的淡淡笑容浮现在眼前。望着修得越来越高的大殿，他想，其实，修行悟道也未必要什么华美庄严金碧辉煌的大殿。住持却为寺院修建的事情找他来了。本来，寺院的恢复政府有专门的款项，但是寺院自己扩大了规模，于是，工程进行到一多半，就缺钱少料了。

让过座，住持说：“看，你在修行，我却要忙这些很俗的事情啊。”

丹巴就觉得有些羞愧不安，住持说：“机村木头多，还要烦劳你回去募集些才好。”丹巴说回村去，真就弄来了两卡车的木头。住持说：“方圆三百里地的黑头藏民，就数机村人能干。”

“我倒是没有觉得。”丹巴说。

住持摇摇手：“咦，你看，没有哪个村有那么多人在城里当干部。所以，还要劳烦你到县城，到州府走上一遭，建庙的事才刚开了个头呢。”

丹巴说：“大家都叫我喇嘛了，可我读经与修行上，都荒疏得很呢。再说佛祖自己，悟出正道，也不是在庙里，而是在树下啊！”

住持就叹道：“咦！没有庄严丛林，如何引来众生的崇敬。”

丹巴就到县城，请村里当了干部的人写了要钱的报告，人家又写了引荐信，让他去州府找某某跟某某。居然，真的就申请下来一大笔款子。这一回，住持也很认真地叫他喇嘛了。丹巴吃惊了:“不是要考过了试,灌过了顶,才是喇嘛吗？”

住持含笑，只叹了一声：“咦！”

别的僧人却说：“哦，丹巴，原来你回到俗世时学了很好的交际！”

丹巴的心就乱了。而这个乱，正是修行人的大忌。他想定住自己的心，一时间却还真不容易。晚上做梦的时候，那群羊又漫开在青青的山坡上，那个牧羊的丹巴向穿袈裟的丹巴露出了讥讽的笑容。

寺院的建筑工程无休无止，大殿建成后，接着还有护法神殿、接引殿、藏经楼、上密院、下密院、时轮金刚院，一面浅山坡上，一片金顶璀璨夺目。十多年了，寺院的建造工程终告一个段落。僧人们心不在经卷，精力都投射在寺院一天天成就的庄严气象之上。可以这样说，这个寺的僧人，每一个都可以独立建立一座寺院了。他们不仅懂得了寺院建筑的营造法度，并谙熟了从政府、从公司、从信众那里筹集善款的种种关节。这个过程中,丹巴真的是出力不少。最后一次,他还坐上了庙里的丰田吉普车，去城里要回来一笔款子，给整个寺院建立起了自来水系统。这时，寺院里头已经叫他做强佐喇嘛了。“强佐”是藏语的音译，如果翻成“襄佐”那就音义俱现了。丹巴就是主持财务方面的“襄佐”。在藏语里头，其实相当于财务总管，但丹巴不是。丹巴只是顶着这么个虚名，不断去到城里，活动回来那些款子，得到一句肯定的话，大笔的款子打到寺院的银行户头上，他连钱的样子都没见过。

他依然是这个寺庙里最穷困的喇嘛，因为不过手钱财，又没有学问，没有资格给信众禳灾祈福，更没有众多徒弟的供养。

转眼之间，他已经是六十多岁的人了。

住持说："这么多年，你辛苦了，现在该好好将养了。"

丹巴谢过了主持，回到大庙旁边自己小小的僧寮里，静坐下来，不禁自己也叹了一声："咦！"叹出来后，只觉得齿根生冷。想起人家叫过他喇嘛，但他不是真正的喇嘛。人家也叫过他"襄佐"，但他哪里襄了什么佐了什么。不过是一次次地去麻烦机村那些在政府里面掌着印章的人罢了。而在回到机村牧羊的那些日子，他没有给任何人添过麻烦。村里的乡亲也因为他持身谨严而敬重于他。

住持因为造就了如此一座庄严宏大的寺院而声名远播，四处云游。

寺院里，上密院下密院时轮金刚学院，诵经声响起像湖波拍岸，红衣喇嘛们吹响法号时，天上的行云也悬停在了蓝天与寺院的金顶之间。而丹巴拿在手里的还是几十年前，十几岁当学僧时的那些初阶经卷。

冬天了，夜深人静时，山下冰封的湖面上，传来冰盖在严寒中因膨胀而开裂的声音。丹巴捧着这些经卷，他想起了自己认为伯伯的上师，试着让自己的脸上也浮起他那种有无之间的笑意。但他脸上的那难以捉摸的笑容，有些讥讽吗？他一个人呆着，没有人看见。他自己会看见，从里面看见吗？也没有人知道。这样的夜里，湖上冰盖咔咔地开裂，宽大的裂缝从湖的这一岸贯穿到那一岸。雾气蒸腾的湖水从冰裂缝中翻涌上来，又被迅速冻住了。早上起来，远远望去，湖上蜿蜒一线，是昨夜湖水曾经翻沸的明晰痕迹。每一年，连着这样几个晚上，湖面就彻底封冻了。静夜里再次响起湖冰开裂的声音时，已经是春天的暖风揭开湖上冰盖的时候了。

云游四方的住持也回来了。

住持宣布，寺院还将建立一个“曼巴”学院——传统的藏医学院。

丹巴自己去住持那里要求去城里申请款项，住持把他的手拉过来，放在自己另一只柔软肥厚的手心里，轻轻捏住：“丹巴，我不忍心让你再辛苦奔波了，你就安安心心念经修行吧。往后再有事情，我就不劳动你了。”后来，丹巴知道，建立医学院的款项，来自于一个制药公司，这个公司正在开发一种传统藏药，医学院建成的时候，公司的新药也上市了，医学院和住持给新药加持的画面也出现在了这种新药的广告纸上。

这是秋天的事情，丹巴决定上庙后的山洞里闭关修行。岁月蹉跎，他已经没有了在学识上日益精进的可能，剩下的，就苦修一途了。传说，得道的上师米拉日巴曾经对苦求秘法的弟子露出了自己的屁股。上师的屁股马蹄般坚硬，而且伤痕累累，这是他长期在坚硬的岩石上打坐的结果。米拉日巴对弟子说："这个秘法如此珍贵，以至于我不能拿出来轻易示人！"不知道丹巴喇嘛有没有听见过这个故事，但他终于是怀着坚定的心情去山洞里修行去了。

修行喇嘛的命运如何？这是寺院持守的众多秘密中的一个。修行洞窟密布的那些山峰，已经掩盖在斑驳的白雪之下。

而在百余里外的机村，当年差点委身于丹巴的央宗坐在温暖的火塘边，儿女们在闲话收成与各种新鲜的事情，她却突然打了一个寒噤。

她说："咦——那个人已经去了。"

"谁？"

她幽幽一声叹息，没有说话。

人是出发点，也是目的地

——第七届华语文学传媒大奖受奖辞

谢谢华语传媒大奖直接让作家本人以自己的名字来得到这个奖项。

过去得奖，我不太觉得跟自己有太大的关系，因为那些奖项总是给予某一部具体的作品。你走上领奖台时，感觉好像是那本书懒得出席，而派出的一个代表。虽然那本书是你自己的作品，出自你的笔下。但在我感觉中，得奖的不是我，而是某一本书，或者某一篇小说。我没有因为得奖而特别高兴过，并不是因为什么特别高妙的原因。我在另一次的得奖演说中说过这样的话：故事从我脑子里走出来，到了电脑磁盘里，又经过打印机一行行流淌到纸上。那是十多年前。随着网络的普及,连打印这个过程也省略了。一个“发送”的指令，这本书就如此轻易而神秘地离开了。从此，这本书就不再属于我了。她开始了自己的历程，踏上了自己的命运之旅。我不知道别的作家是不是有过这样的感觉，我却深深感到，从此，我对她将来的际遇是无能为力了。作家的责任是写出好作品，但作家不能给书本的命运提供一个万全的保险。在此点上，作家和他的书只能听凭好运气的光临。一个作家所能保证的，就是在写作的过程中做最大的努力，这是我有自信的一个方面，自信是因为奉献了全部的心智真诚。同时，我却无力也不愿为作品以后的际遇而承担责任。于是，当一本书得了某个奖项，我都归因于这本书的好运气。她遇到了那么多喜欢她的人，而不是我。我这个写作了她的人，未必就有那么讨人喜欢。或者说，写作者如果要忠于一个作家的职责，也许还会制造出一些对立面，而不是让所有人都与自己站在同一个立场上。正是因为这样一个原因，当我代表某一个作品去登上领奖台时，我的确不是显得那么欢欣鼓舞。

但是，今天登上这个领奖台有些不同。一个作家当然是因为创作的作品而享受奖励，但毕竟，这一次，至少在形式上，我的感觉是这个奖项直接给予了作家本人，而让他的作品藏在了这个人的后面。我直接感到我的劳动得到了肯定。于是，这一次，我真切地想要对使我得奖的机构与评委表示深切的谢意！

在今天这样一个时代，不只是知识分子，就是一般识文断字的读书人，眼光都越来越向外。外国的思想，外国的生活方式，外国的流行文化，差不多事无巨细无所不知，对于巴黎街边一杯咖啡的津津有味，远超过对于中国自身现实的关注。而中国深远内陆的乡村与小镇，边疆丛林与高旷地带少数族群的生活，却越来越遗落在今天的读书阶层，更准确地说是文化消费阶层的视野之外。所以，我对自己关于深远内陆与少数族群的书写，还能得到这样的关注、这样的肯定、这样的支持而感到宽慰。尤其是，这种肯定来自一个有影响力的媒体，来自一些一直在进行负责的社会文化批评的评委，更使我深感荣幸。我特别想指出的是，有关藏族历史、文化与当下生活的书写，外部世界的期待大多数时候会基于一种想象。想象成遍布宗教上师的国度，想象成传奇故事的摇篮，想象成我们所有生活的反面。而在这个民族内部也有很多人，愿意做种种展示（包括书写）来满足这种想象，让人产生美丽的误读，把青藏高原上这个民族文明长时期的停止不前，描绘成集体沉迷于一种高妙的精神生活的自然结果。特别是去年（即 2008 年）拉萨“3・14”事件发生后，在国际上，这种“美丽”的误读更加甚嚣尘上。尤其使人感到忧虑的是，那样的不幸事件发生后，在国内，在民间，一些新的误解正在悄然出现——虽然并不普遍，但确实正在出现。这些误解会在民间，在不同民族的人民中间，布下互不信任的种子。在很多年前，我就说过，我的写作不是为了渲染这片高原如何神秘，渲染这个高原上的人们生活得如何超然世外，而是为了祛除魅惑，告诉这个世界，这个族群的人们也是人类大家庭中的一员。他们最最需要的，就是作为人，而不是神的臣仆而生活。他们因为蒙昧，因为弄不清楚尘世生活如此艰难的缘故，而把自己的命运无条件托付给神祇已经上千年了。上个世纪以来，地理与思想的禁锢之门被渐渐打开，这里的大多数人才得以知道，在他们生活的狭小世界之外还有一个更为广大、更为多姿多彩，因而也就更复杂，初看起来更让人无所适从的世界。而他们跨入全新生活的过程，必定有更多的犹疑不决，更多的艰难。尘世间的幸福是这个世界上绝大多数人的目标，全世界的人都有一个共识：不是每一个追求福祉的人都能达到目的，更不要说，对很多人来说，这种福祉也如宗教般的理想一样难以实现。于是，很多追求这些幸福的人也只是饱尝了过程的艰难，而始终与渴求的目标距离遥远。所以，一个刚刚由蒙昧走向开化的族群中那些普通人的命运，理应从这个世界得到更多的理解与同情。我想，我所做的工作的主要意义就在于此：呈现这个并不为人所知的世界中，一个一个人的命运故事。

我所以强调以个人命运为对象的叙事方式，首先当然是因为这是一个小说家必然的方式，但更重要的是，我并不认为，一个僧侣，或者别的什么人，有资格合情合理合法地代表这个神秘帷幕背后的世界上所有的人民。只有那些一个一个的个体，众多个体的集合，才可能构成一个族群，一种文化的完整面貌；只有这种集合，才能真正地充实一个概念。可悲的是，无论是在中国，还是中国那个被叫作西藏的地方，总是少数人天然地成为所有人的代言。而这些代言，往往是出于一己之私，或者身处其中的利益集团的需要，任意篡改与歪曲族群与文化这些概念的内涵。

我自己就曾经生活在故事里那些普通的藏族人中间，是他们中的一员。我把他们的故事讲给这个世界上更多的人。民族、社会、文化甚至国家，不是概念，更不是想象。在我看来，就是一个一个人的集合，才构成那些宏大的概念。要使宏大的概念不至于空洞，不至于被人滥用或篡改，我们还得回到一个一个人的命运，看看他们的经历与遭遇，生活与命运，努力或挣扎。对于一个小说家来说，这几乎就是他的使命，是他多少有益于这个社会的惟一的途径，也是他惟一的目的。当然，还有很多因素会吸引一个小说家，我们讲述故事所依凭的那种语言的秘密，自在的也是强大的自然，看似稳定却又流变不居的文化，当然还有前述那些宏大的概念，但人才是根本。依一个小说家的观点看，去掉了人、人的命运与福祉，那些宏大概念是没有任何意义的。所以，对一个小说家来说，人是出发点，人也是目的地。在我的理解中，小说家是这样一种人：他要在不同的国度与不同的种族间传递讯息，这些讯息林林总总，但归根结底，都是关于沟通与了解，而真实，是沟通与了解最必须的基石。很多时候，看到外界对于我脱胎其中的文化的误读仍在继续，而在这个文化内部，一些人努力提供着不全面的材料，来把外界的关注引导到错误方向，我会对自己的工作感到绝望。但绝望不是动摇。这种局面正说明，需要有人来做这种恢复全貌的工作，即描绘普通人在这种文化中真实的生存境况的工作。而今天得到的这个奖项，正是对我所从事的工作的最大的理解与支持。我要在此对于这种同情与支持再次表达深切的谢意。

今天，在得到一个享有美誉的文学奖项的眷顾时，我更要感谢文学。

对我来说，文学不是一个职业，一种兴趣爱好。文学对我而言，具有更为深广的意义：她是我自我教育、自我提升的途径；是我从自我狭小的经验通往广大世界，进而融入大千世界的惟一方式。我生长于荒僻的乡村，上过学，但上过的小学、初中和中等师范都是最不正规的那一种。上小学和初中是在“文革”中间，上师范是 1978—1980 年。大家知道，那时的学校应该没有给学生提供什么好的世界观——甚至可以说，那种教育一直在教我们用一种扭曲的、非人性的眼光来看待世界与人生，让我带着这种不正确的世界观走入了生活。而且在那时，我置身其中的生活似乎也不会给一个年轻人好的指引。社会上只有少部分人在自觉排除过去的年代注入体内的毒素，更多人以为因这些毒素而发着低烧是一种正常的状态。好在那时，我遭逢了文学。不是当时流行的文学。那些尘封在图书馆中的伟大的经典重见天日，而在书店里，隔三岔五，会有一两本好书出现。没有人指引，我就独自开始贪婪的阅读。至今我也想不明白，自己怎么就能把那些夹杂在一大堆坏书和平庸书中的好书挑选出来。大家知道，我自己来自一个宗教压倒一切的文化。但是，在众神与凡人之间，那么多的神职人员却让人对宗教失去了信仰。但在回首往事时，我曾想过，真的在天上有一种巨大的意志，在冥冥之中给予人超越凡尘的帮助吗？那个时候，我并没有想过要当一个作家。我只是贪婪地阅读，觉得这种阅读是一种很好的自我教育。在我周围，至多是有善良的人，但没有伟大的人。但在书的背后，站立着一个一个的巨人，在夜深人静的时候，他们就会站出来，站在台灯的暗影里，指引我，教导我。也许是有些矫枉过正了，以后，我拒绝过很多再次走进学校的机会。这当然是来自于我过去的经验。但我很放心，把自己交给文学，让文学来教育我，提升我。

在我的经验中，大多数人都在为生存而挣扎，而争斗，但文学让我懂得，人生不只是这些内容，即便最为卑微的人，也有着自己的精神向往。而精神向往，并不是简单地把自己托付给中介机构一样的神职人员或者另外什么人，就可以平稳地过渡到无忧无虑无始无终的天国，而是在自己的内心生出能让自己温暖，也让旁人感到安全与温馨的念想，让她像一朵花结为蓓蕾，悄然开放，然后，把众多的种子撒播在那些荒芜的土地上。

文学的教育使我懂得，家世、阶层、文化、种族、国家这些种种分别，只是方便人与人互相辨识，而不应当是树立在人际之间的不可逾越的界限。当这些界限不只标注于地图，更横亘在人心之中时，文学所要做的，是寻求人所以为人的共同特性，是跨越这些界限，消除不同人群之间的误解、歧视与仇恨。文学所使用的武器是关怀、理解、尊重与同情。文学的教育让我不再因为出身而自感卑贱，也不再让我因为身上的文化因子，以热爱的名义陷于褊狭。

文学的教育使我懂得，自己的写作，首先是巩固自己的内心，而不是试图去教育他人。文学是潜移默化的感染，用自己的内心的坚定去感染，而不是用一些漂亮的说辞。

我不想说，我和自己的同时代人一样，接受的是一种蔑视美、践踏美的教育，至少，那是一种没有审美内容的教育，或者说，是以粗暴、以强力、以仇恨为美的教育。我自己也曾用这样的眼光来打量这个世界，是文学让我走出这个内心的牢狱，让我能够发现并欣赏这个世界上的美，在美还不普遍的时代心怀着对美更高的憧憬。

我这样说，当然包括感谢文学让我成为一个作家，改变了我的命运。但更重要的是，文学关于人类普遍命运的教育，关于增添人性光辉的教育，关于给这个世界增加更多美好的教育，关于一个人应该有丰沛而健康情感的教育，把我这样一个生长于蒙昧而严酷环境中，因而缺乏对人生与世界正确情怀的人，变成了一个大致正常的人。如果说，我对将来的自己还有更大的信心，也是因为相信，通过文学这个途径，我将吸取到更多的人类的精神成果，相信通过这样的学习与吸收，自己将变得更加正常，更加进取，更加健康。

——2009 年 4 月

一部村落史，几句题外话

——代后记

这是一座村庄的历史。

一座村庄的当代编年史，从上个世纪的五十年代到九十年代。

这半个世纪，中国进行了史无前例的社会实验——从政治到经济。这场实验，目的在于改变人，也改变社会面貌。中国乡村，在国家版图上无论是紧靠中心还是地处僻远，都经历了革命性变革，与种种变革带来的深刻涤荡。

我自己出生于一个偏远的村庄，在处于种种涤荡的、时时变化的乡村中成长。每一次变革都带来痛苦，每一次变革都带来希望。

即便后来拜教育之赐离开了乡村，我也从未真正脱离。因为家人大多都还留在那里，他们的种种经历，依然连心连肺。而我所能做的，就是为这样的村庄写下一部编年史。

所以，这部小说的主角是一座村庄。

我给这座村庄另起了一个名字：机村。“机”，是一个藏语词的对音。“机”，也不是一个标准的藏语词，而是藏语里一种叫嘉绒语的方言里的词。意思是种子，或根子。

是的，乡村是我的根子。乡村是很多中国人的根子。乡村也是整个中国的根子。因为土地和粮食在那里，很多人的生命起源也在那里。虽然今天人们正大规模迁移到城市，但土地与粮食依然在那里。

当我决定要写一部编年史时，发现自己不能沿着熟悉的路径，写一部传统的长河小说。这五十年中，无论是政治运动还是经济浪潮的冲击，都使得在乡村中，没有一个人或一种人，或一个家族，像长河小说中那样始终处于舞台的中心。在政治运动的冲击下，在经济潮流的激荡中，乡村不断破碎，又不断重组。断裂，修复，再断裂，再修复……这个过程，至今还在继续。在这个过程中，那些顺应新形势的人或主动或被动，不断登场，又不断被淘汰。所以，如果我要以变化的村庄为主角，就得随时去踪迹那些因时因势成为中心，或者预示着乡村变迁方向的新的人物。如果这样，这部小说将不会有一个完整的结构。以破碎的结构对应不断重组的乡村，形式本身都成了某种隐喻。小说初版时，人民文学出版社的宣传给这种破碎一个好听的命名：“花瓣式结构。”花瓣是空间的，向心的。而编年史是线性的,有始无终的。这也是今天中国乡村变迁的真实图景。

所以，这部小说只好写成互相衔接的六个故事，每个故事都是人的命运，也是乡村的命运。每个故事都各有主角。这样写完了觉得还不够，我又写了十二个小故事。六个关于新的事物，六个关于与新社会适应或者不相适应的人物。

写下这些文字前两小时，我还在一个正式宣布脱贫的村子中行走，身上还带着养鸡合作社鸡场的味道，还带着公司加农户的蔬菜大棚中那些圣女果的味道。乡村为中国发展牺牲自己的时代正在过去，城市返哺乡村的时代开始到来。但在我小说结束的那个时间点，这还只是一个渺远的希望，但乡村已然看见了一点救赎的希望。

写完这部小说，已经又过去了十几年的时间。当年的希望已经不再是那么渺茫。

机村是一个藏族村庄。

但不是一个异族文化样本。

虽然，要写那样一个乡村的命运，自然要写出文化所遭逢的挑战与改变。但文化不是最重要的方面，民族也不是。今日乡村的普遍命运是不分文化，不分民族的。从世界范围看，甚至是不分国家的。今天乡村面临的变迁是整个国家的，甚至是世界性的。

我无意用这部小说提供一幅文化风情画。

这部小说也不是旧乡村的一曲挽歌。

我不是一个一味怀旧的人，而是深知一切终将变化。

我只是对那些为时代进步承受过多痛苦、付出过多代价的人们深怀同情。因为那些人是我们的亲人、同胞，更因为他们都是和我们一样的——人。

看起来具有强烈的特殊性的机村，其实也蕴含着更多的普遍性。

很长时间以来，中国的文学，但凡涉笔到汉族之外的族群，在绝大多数读者、批评者那里，都不会被当成是真正的中国经验、中国故事的书写。写入宪法的中国是一个多民族国家，这样一个现实，在中国知识界还未成为一个真切的认知。他们的认识还是封建气息浓重的大一统的归化观，所以对他而言，但凡关涉少数民族生活的书写，至多提供了一个多样性的文化样本，只具有文化人类学研究的意义。而我以为，只有把这些非汉族的人民也当成真正的中国人，只有充分认识到他们的生活现实也是中国的普遍现实，他们的未来也是中国未来的一部分,这才是现代意义上真正的“天下观”。惟其如此，各民族的知识分子，才能使优势的一方不陷于自大，以为只有汉民族才是真正的中国；也才能使弱势的一方不堕入褊狭，以为无论如何也不会成为真正的中国。只有这样双向地警醒与克服，我们才会有一个完整的中国观，才会建立起一种超越性的国家共识。

在这一点上，中国知识分子迄今并未提供有价值的识见。

乡村在时代变迁中，付出的另一个代价，是自然环境的毁败。这也是中国普遍现实之一种。在我写下的机村故事中，有大量篇幅，都涉及森林的消失。

离开故乡后，有很多年，我都不情愿回到故乡的村子。最重要的原因，就是不忍心看到那些森林的消失，山野的荒芜。当年，涉笔这些森林的毁败时，我心里的痛楚，甚至会比写下乡亲们艰难的生活更为强烈。但在上世纪九十年代末，中国社会从政府到民间对此都有了足够的警醒。所以，小说里有了一个人物，一个毁败过森林，又开始维护森林的人物。

这是乡村的一种自我救赎。这是一直处于被动状态中的乡村的觉醒。我很高兴捕捉到了这样的希望之光。这是我真实的发现，而非只是为小说添上一个光明的尾巴。

现在，我每次回乡，都看到年逾八旬的父亲，尽力看顾着山林。那些残留的老树周围，年轻的树苗壮成长，并已郁闭成林。从清晨到傍晚，都有群鸟在歌唱。

出家门几十米，我就坐在了荫庇着我儿时记忆的高大云杉的荫凉中，听到轻风在树冠上掠过，嗅到浓烈的松脂的清香。如今，我也不用再担心，这些树会有朝一日在刀斧声中倒下。

这部小说首版的名字叫《空山》。

这名字总让人想起王维的诗，但我写下这个名字时并没有那么从容闲适的出世之想。那时的现实还让人只看到破碎的痛楚，而不是重构的蓝图。从佛教传入中国以来，一个中国人不管是不是真的佛教徒，好多时候，“空”都是一种精神安慰。今天打算重版此书时，我更看到那些艰难过程的意义。所以，才给这部小说一个新的名字：《机村史诗》。

美国批评家哈罗德·布鲁姆说：“倘若遵照荷马、维吉尔、弥尔顿创作史诗的标准，我们现今已没有可称为史诗的体裁。”但他又在他名为《史诗》的批评集中，把《白鲸》、《追忆似水年华》和《源氏物语》这样的作品也纳入了史诗的范畴。他以《圣经》中雅各为例，重新定义了史诗：“英勇地整夜搏斗，拖住死亡天使，以求赢取更长的生命赐福。”从这个意义上说，中国乡村在那几十年经历重重困厄而不死，迎来今天的生机，确实也可称为一部伟大的史诗。

——2017 年 7 月 11 日

图书在版编目（CIP）数据

轻雷 / 阿来著 .— 杭州 : 浙江文艺出版社，2018.1
（机村史诗）

ISBN 978-7-5339-5092-7

Ⅰ . ①轻… Ⅱ . ①阿… Ⅲ . ①长篇小说 – 中国 – 当代
Ⅳ . ① I247.5

中国版本图书馆 CIP 数据核字（2017）第 277816 号

策划统筹：曹元勇
责任编辑：曹元勇　赵　阳
封面设计：一千遍工作室
责任印制：吴春娟

轻雷
阿来　著

出版：浙江文艺出版社
地址：杭州市体育场路 347 号　邮编：310006
网址：www.zjwycbs.cn
经销：浙江省新华书店集团有限公司
印刷：上海中华商务联合印刷有限公司
开本：880 毫米 × 1230 毫米　1/32
字数：140 千字
印张：8.5
插页：5
版次：2018 年 1 月第 1 版　2018 年 1 月第 1 次印刷
书号：ISBN 978-7-5339-5092-7
定价：39.80 元